तुम्हारे लिए

(उपन्यास)

किताबघर प्रकाशन

नयी दिल्ली

तुम्हारे लिए

हिमांशु जोशी

प्रकाशक
किताबघर प्रकाशन
4855-56/24, अंसारी रोड, दरियागंज, नई दिल्ली-110002
फ़ोन : 011-23266207, 41584421
E-mail : kitabgharprakashan@gmail.com
website : www.bookshindi.com

पेपरबैक संस्करण : 2023

आवरण : रवि शर्मा

मूल्य : दो सौ पचास रुपये

मुद्रक : राष्ट्रीय प्रिंटर्स
शाहदरा, दिल्ली-110032

TUMHARE LIYE *(Novel in Hindi)*
by Himanshu Joshi
Price : ₹ 250 (Paperback Edition)

ISBN— 978-81-7016-030-4

पुनश्च

चौदहवें संस्करण पर

किशोर वय के सुकोमल सपने!

किशोर वय की सुमधुर स्मृतियाँ, कहीं जीवन के समांतर, जीवन के साथ-साथ चलती हैं। वे दिन, वह शहर, वह कस्बा या गाँव भी कहीं तब रोम-रोम में समा आते हैं। इलाहाबाद के प्रति कई साहित्यकार मित्रों का ऐसा ही गहरा सम्मोहन मैंने निकट से देखा है, एक तरह के जुनून की हद तक।

लगता है, मेरे साथ भी कुछ-कुछ ऐसा ही घटित हुआ था। नैनीताल एक-पराया अजनबी शहर, कब मेरे लिए अपना शहर बन गया, कब मेरे सपनों का शहर, याद नहीं!

हाँ, याद आ रहा है—

शायद वह वर्ष था 1948! महीना जुलाई! तारीख पाँच, यानी अब से ठीक 54 साल पहले! हल्द्वानी से रोडवेज की बस से, दोपहर ढले 'लेक-ब्रिज' पर उतरा तो सामने एक नया संसार दिखलाई दिया।

धीमी-धीमी बारिश क़ी फुहारें!

काले-काले बादल, फटे रेशमी कंबल की तरह आसमान में बिखरे हुए, 'चीना-पीक' और 'टिफिन टाप' की चोटियों से हौले-हौले नीचे उतर रहे थे, झील की तरफ। उन धुँधलाए पैवंदों से अकस्मात् कभी छिपा हुआ पीला सूरज झाँकता तो सुनहरा ठंडा प्रकाश आँखों के आगे कौंधने-सा लगता। धूप, बारिश और बादलों की यह आँखमिचौली—एक नए जादुई संसार की सृष्टि कर रही थी।

दो दिन बाद आरंभिक परीक्षा के पश्चात् कॉलेज में दाखिला मिल गया तो लगा कि एक बहुत बड़ी मंजिल तय कर ली है…!

साठ-सत्तर मील दूर, अपने नन्हे-से पर्वतीय गाँवनुमा कस्बे से आया था, बड़ी उम्मीदों से। इसी पर मेरे भविष्य का दारोमदार टिका था। मैं पढ़ना चाहता था, कुछ करना। अनेक सुनहरे सपने मैंने यों ही सँजो लिए थे, पर सामने चुनौतियों के पहाड़ थे, अंतहीन। अनगिनत। उन्हें लाँघ पाना आसान तो नहीं था!

तब एक दूसरा ही नैनीताल था। एक दूसरा ही नजारा। अंग्रेजों को इस 'छोटी विलायत' से गए अभी एक साल भी बीता नहीं था। अभी तक भी अच्छे-अच्छे सभी बँगलों के वे ही स्वामी थे। अंग्रेजी स्कूलों में अधिकांशत: उन्हीं के बच्चे थे। नैनीताल अपने सहज स्वाभाविक रूप में तब कितना सुंदर था!

जल से लबालब भरी ठंडी हरी झील!

गहरे हरे पहाड़। झील पर झुक-झुककर, अपना प्रतिबिंब देखते! झील में आकंठ डूबे!

रात को जगमगाती धुली रोशनी में नैनीताल परी-लोक जैसा अद्भुत लगता।

इसी स्वप्न-संसार में बीते थे मेरे जीवन के पाँच साल। पाँच वसंत। पतझड़ तब आता भी होगा तो कभी दिखा नहीं।

'गुरखा लाइंस' का छात्रावास, 'क्रेगलैंड' की चढ़ाई, चील-चक्कर, लड़ियाकाँटा, तल्लीताल, मल्लीताल, पाइंस, माल रोड, ठंडी सड़क, क्रास्थवेट हॉस्पिटल—ये सब कहीं उसी रंगीन-रंगहीन मानसिक मानचित्र के अभिन्न अंग बन गए थे।

वर्षों बाद जब मैं 'साप्ताहिक हिंदुस्तान' में धारावाहिक प्रकाशन के लिए 'तुम्हारे लिए' लिख रहा था, तो यह सारा का सारा शहर, इसमें दबी सारी सोई स्मृतियाँ जागकर फिर से सहसा साकार हो उठी थीं।

'तुम्हारे लिए' लिखे भी अब लगभग ढाई दशक हो चुके होंगे। पत्रिका में प्रकाशित होने के बाद पुस्तक-रूप में इसके कई संस्करण हुए। हाँ, दूरदर्शन के लिए जब धारावाहिक बन रहा था, तब मुहूर्त के लिए

निर्माता अवश्य पकड़कर ले गए थे। तब एक बार फिर नैनीताल को जीने का अवसर मिला।

अब तक अनेक रूपों में, रंगों में पाठकों ने इस उपन्यास को देखा, पढ़ा, परखा। अधिकांश की प्रायः यही जिज्ञासा रही कि क्या यह कहानी सच है? क्या यह उपन्यास मैंने अपने पर ही लिखा है?

कई पाठक ऐसे भी रहे, जिन्होंने इसे अपनी ही जीवन-कहानी समझ लिया। एक नवोदित लेखक स्वर्गीय कुमार गौतम एक बार मिलने आए। बोले, 'इस उपन्यास को पढ़कर मैं इतना सम्मोहित हुआ कि नैनीताल जाने से अपने को रोक नहीं पाया। पता नहीं कैसे ग्वालियर से नैनीताल जा पहुँचा। वहाँ उन सारे स्थानों को मैं पागल की तरह खोज-खोजकर देखने लगा, जिनका वर्णन इस उपन्यास में किया गया है। आपको सच नहीं लगेगा, मैं इसकी प्रतियाँ वर्षों से खरीद-खरीदकर बाँटता रहा हूँ…।'

इंदौर से एक महिला डॉक्टर ने लिखा कि यह तो मेरी ही अपनी कहानी है। अनुमेहा की तरह मैंने भी मामा के घर रहकर पढ़ा। मुझे भी पढ़ाने…।

ऐसे सैकड़ों पत्र! सैकड़ों प्रतिक्रियाएँ!

आज भी अनेक पत्र यदा-कदा मिलते हैं। उनमें इसी तरह के प्रश्न होते हैं। अधिकांश इसे आत्मकथा का ही एक अंश मानते हैं।

कितनी बार कह चुका हूँ कि यह तो कहानी है। परंतु फिर विचार आता है कि क्या कहानी, मात्र कहानी होती है, सच नहीं? कल्पना और यथार्थ के ताने-बाने से ही तो सही साहित्य की संरचना होती है।

ऐसे पाठकों की संख्या कम नहीं रही, जिन्होंने इसे दो-चार बार नहीं, अनेक बार पढ़ा।

दिनांक 15 अक्तूबर, 1999 का एक विस्तृत पत्र मेरे सामने रखे कागजों में पड़ा है, जिसमें नागपुर से मराठीभाषी श्री विजय कुमार सपात्ती ने लिखा है :

'मैं पेशे से इंजीनियर हूँ। एक अमेरिकन कंपनी का मध्य भारत में एरिया मैनेजर। साहित्य और संगीत के प्रति विशेष लगाव है। कविताएँ भी कभी-कभी लिख लेता हूँ।

'यह पत्र मुझे आज से दस वर्ष पूर्व लिखना चाहिए था, परंतु विदेश-प्रवास, प्रशिक्षण आदि अनेक कामों में उलझे रहने के कारण संभव न हो पाया। आज मैंने 'तुम्हारे लिए' को दो सौ पचासवीं बार पढ़ा। सच कह रहा हूँ, मेरी आँखें भीग आई हैं। अब तक हर बार ऐसा ही होता रहा है। मैं अपने आप में विराग को क्यों देखता हूँ? अनुमेहा को, अपनी न मिली प्रेमिका के रूप में? मैं आपसे कुछ प्रश्न पूछना चाहता हूँ। इसी आशय से यह पत्र भेज रहा हूँ। मुझे आपसे इनके शीघ्र उत्तर की अपेक्षा है…'

ऐसा क्या है इस उपन्यास में? मेरे लिए यह सदैव एक रहस्य रहा है। पर ऐसे पत्र कभी-कभी बहुत कुछ सोचने के लिए विवश भी करते हैं।

सब अतीत बनकर खो गया है आज!

पर आज भी कभी नैनीताल जाता हूँ तो उन भीड़-भरी सड़कों पर मेरी आँखें अनायास कुछ खोजने-सी क्यों लगती हैं? रात के अकेले में, उन वीरान सड़कों पर भटकना अच्छा क्यों लगता है?

साहित्य की सच्ची सार्थकता इसमें है कि साहित्य, मात्र साहित्य नहीं, कहीं जिया हुआ यथार्थ भी लगे। इस दृष्टि से अभी बहुत कुछ अधूरा है। उस अधूरे के सामने भी अनेक प्रश्नचिह्न हैं। क्या इसके लिए पूरा एक जन्म भी कम नहीं?

—हिमांशु जोशी

7/सी-2, हिंदुस्तान टाइम्स अपार्टमेंट्स,
मयूर विहार, फेज-एक,
दिल्ली-110091

तुम्हारे लिए

अभी तक भी सच नहीं लग रहा है। लगता है, यह एक सपना था। सपना भी तो कभी-कभी सच का अहसास दे जाता है न!

अपनी जेब से हलके नीले रंग का अधफटा टिकट निकालकर देखता हूं। हवाई-अड्डे का ही है। बायीं ओर का हिस्सा तिरछा फटा है। सबसे ऊपर अंग्रेज़ी और नीचे हिन्दी में लिखा है—'पालम विमानपत्तन'।

फिर कैसे मान लूं अनुमेहा, कि जो कुछ अभी-अभी घटित हुआ, वह सत्य नहीं था?

सुबह छह बजे जब भागा-भागा पहुंचा, तब तुम्हारे विमान को उड़ान भरे शायद पन्द्रह मिनट हो चुके थे। मतलब यह कि अब तक तुमने आसमान में लगभग सौ किलोमीटर की दूरी तय कर ली होगी। इतनी लम्बी दूरी इन छोटे-से हाथों की सीमा से परे है। दृष्टि से भी दूर। केवल कल्पना की उड़ान द्वारा मात्र अनुभव कर सकता हूं कि इस समय तुम कहां होगी? किस पर्वत, किस नदी, किस शहर के ऊपर?

हवाई-अड्डे पर अनचाहे तुमने पीछे मुड़कर देखा होगा न! जब सभी यात्री विमान पर चढ़ने के लिए बढ़ रहे होंगे, उस समय सबकी तरह तुम्हारे भी हाथ हवा में लहराये होंगे!

विमान पर चढ़ते समय तुम्हें कैसी अनुभूति हुई होगी? यह सब सोचते हुए मुझे अजीब-अजीब-सा लग रहा है।

कोई अन्त समय में कुछ कहना चाहे, किन्तु बिना कहे ही सदा-सदा के लिए चला जाए—तो कैसी विकट अनुभूति होगी? वैसा ही कुछ-कुछ मुझे भी हुआ। एक असह्य, अव्यक्त वेदना से मैं भीतर-ही-भीतर बुरी तरह, देर तक घुटता रहा।

तुम्हें मालूम था, तुम यहां अधिक जिओगी नहीं। वहां जाकर ही जी सकोगी, इसकी भी सम्भावना नहीं। फिर तुमने यह सब क्यों किया? किसके लिए? किसलिए?

एक अजीब-से रहस्य की सृष्टि तुम सदैव करती रही। स्वयं को छलती रही—निरन्तर। दूसरों को छलने की अपेक्षा स्वयं को छलना अधिक दुष्कर होता है न! शायद इसीलिए तुम्हारे एक व्यक्तित्व के भिन्न-भिन्न कई प्रतिबिम्ब एक साथ उभर आये थे। जो एक-दूसरे के कितने सार्थक सिद्ध हुए, कितने बाधक, यह सब मैं नहीं बतला पाऊंगा, क्योंकि परखने की दृष्टि से मैंने कभी तुम्हें देखा ही नहीं था।

याद है, उस साल कितनी बारिश हुई थी! ऐसी ही बौछारें कई दिनों तक झरती रही थीं। लेक-ब्रिज के ऊपरी हिस्से के पास तक झील का पानी लहराने लगा था। पुल के नीचे तीव्र वेग से घाटी की ओर बहता जल बड़े-बड़े प्रस्तर खंडों से टकराता, तो प्रपात का-जैसा दृश्य उभर आता था। धुंधला-धुंधला सफ़ेद धुआं-सा। फव्वारे के-जैसे छींटे दूर-दूर बिखरने लगते।

इस तरह दिनों तक निरन्तर बारिश होती। सारा शहर कुहासे से ढका रहता। बड़े-बड़े पहाड़ों से घिरी झील कुएं जैसी लगती। कभी-कभी तो दम घुटने-सा लगता था।

उस साल नैनीताल पहली बार गया था और शायद पहली बार तुम्हें देखा था! तब क्या उमर रही होगी? यही, कॉलेज में दाखिला लिया ही था न!

एक दिन सुबह-सुबह किताबें खरीदने, सुहास के साथ मल्लीताल गया था। नौ बजे का भोंपू भी शायद अभी बजा न था। 'अशोक टाकीज़' से होकर, सीधी चढ़ाई चढ़कर मेन बाज़ार पर अभी हम पहुंचे ही थे कि शीशे की सफ़ेद कटोरी में दही लिये तुम घर की ओर लौट रही थी। सफ़ेद सलवार, सफ़ेद कुर्ता। अभी-अभी सूख रहे स्वच्छ सुनहरे बाल तुम्हारी दूधिया आकृति के चारों ओर बिखरे हुए थे।

पल-भर में पता नहीं क्या हुआ? चलते-चलते मेरे पांव एकाएक जड़ हो गये। अनायास मैंने पीछे मुड़कर झांका तो आश्चर्य की सीमा न रही। तुम भी उसी तरह अचरज से पीछे पलटकर देख रही थी।

क्या देख रही थी, अनुमेहा? उन निगाहों में ऐसा क्या था, आज तक समझ नहीं पाया।

वासना! नहीं-नहीं। प्रेम! वह भी नहीं। शायद इससे भी अलग, इससे भी पावन कोई और वस्तु थी, जिसे नाम की संज्ञा में बांधा नहीं जा सकता।

उस सारे दिन हवा महकती रही थी। झील के ऊपर तैरते बादल अनायास रंग बदलते रहे थे।

जुलाई का महीना अब सम्भवत: बीतने ही वाला था।

इस बार पढ़ाई का सिलसिला जारी रखना कठिन लग रहा था। पिताजी बूढ़े हो चुके थे। दीखता भी कम था। मां के अथक परिश्रम के बावजूद खेतों से उतना उपज न पाता था, जिंदा रहने के लिए जितनी ज़रूरत थी। इसलिए ऋण का भार निरन्तर बढ़ता चला जा रहा था। पिताजी चाहते थे, मैं घर का काम देखूं, सबसे बड़ा हूं—दो अक्षर लिख-पढ़कर उनके कमज़ोर कंधों को सहारा दूं। परन्तु मुझमें एक अजीब-सी धुन सवार थी—पढ़ने की। पिताजी से बिना पूछे ही मैंने आगे पढ़ने का निश्चय कर लिया था। जून बीत रहा था और जुलाई आरम्भ होने ही वाला था कि एक दिन उन्होंने खुद ही बुलाकर कहा, "अच्छा है वीरू, कुछ और पढ़ लो। दो खेत और रेहन रख देंगे, क्या अन्तर पड़ता है?" पिताजी ने बड़े सहज भाव से कहा था, परन्तु ये शब्द मुझे कहीं दूर तक छील गये।

"आप पर अधिक भार नहीं डालूंगा। कुछ ट्यूशनें कर लूंगा या छोटा-मोटा कोई और काम।" कहने को तो कह गया था, किन्तु मुझे लगता नहीं था कि यह सब इतना आसान होगा।

इसलिए दाखिला लेते ही मैंने ट्यूशनों की खोज आरम्भ कर दी थी।

कॉलेज से लौट रहा था एक दिन। तल्लीताल पहुंचा ही था कि रामजे रोड पर सुहास टकरा गया था। सुहास, वही गोरा-चिट्टा, लम्बा-चौड़ा, मेरा क्लासफैलो। चहकता हुआ, मेरी पीठ पर धौल जमाता हुआ बोला, "विराग, चाय पिला तो एक अच्छी खबर सुनाऊं!"

चलते-चलते मैं ठिठक पड़ा। भूख मुझे भी लग रही थी कुछ-कुछ। नुक्कड़ वाली दुकान से मैंने गरम-गरम बालू में भुनती मूंगफलियां लीं, एक आने की। सुहास की ओर बढ़ाता हुआ बोला, "ले, खा, चीनियां बादाम।"

"विराग शर्मा द ग्रेट, नाऊ यू आर ए किंग।" हंसते हुए उसने कहा।

प्रश्न-भरी दृष्टि से मैंने उसकी ओर देखा।

"यार, तुम्हारे लिए ट्यूशन ढूंढ़ ली है।"

"सच्च?" मुझे विश्वास नहीं हो रहा था।

"बीस रुपये मिलेंगे, पर फिफ्टी-फिफ्टी होंगे।"

मैं ज़ोर से ठहाका लगाकर हंसा।

तिराहे के पास से हम फिर लेक-ब्रिज की ओर लौट पड़े थे।

"एक घंटे के कुछ कम नहीं होते, गुरु!" उसने कुछ रुककर कहा, "पर हां, मैथ्स पढ़ानी होगी, साइंस भी। पढ़ा पायेगा?" उसके शब्दों में आत्मीयता ही नहीं बुज़ुर्गियत भी थी।

माल रोड के समानान्तर बनी कच्ची सड़क पर चल रहे थे हम। वीपिंग-विलो की लताएं नीचे जल की सतह तक झुक आयी थीं। एक घोड़ा धूल उड़ाता हुआ आगे निकल गया था। कुछ सैलानी झील के किनारे बेंच पर बैठकर कुछ खाते हुए ज़ोर-ज़ोर से हंस रहे थे।

बीस रुपये उस ज़माने में कम नहीं होते थे। छात्रावास के कुल खर्चे का एक-तिहाई।

"कहां जाना होगा पढ़ाने के लिए?"

"डॉ० दत्ता के घर—ब्लू कॉटेज।"

दूसरे दिन शाम को ठीक समय पर मैं जा पहुंचा।

बाहर लोहे की ज़ंजीर से बंधा एक झबरैला कुत्ता मुझे देखते ही, ज़ंजीर तुड़ाकर झपटने के लिए लपका।

कॉल-बैल के बटन पर मैंने अंगुली रखी ही थी कि सहसा द्वार खुला। अचरज से मैंने देखा। 'कहिए' की मुद्रा में तुम खड़ी थी। हां-हां, तुम!

"डॉक्टर साहब ने बुलाया है। ट्यूश···!" मैं अभी अटक-अटककर कह ही रहा था कि श्वेतकेशी एक वृद्धा भीतर के दरवाज़े पर टंगा पर्दा हटाकर आयीं, "आइये, आइये! अनु के लिए कह रहे थे।"

सोफ़े पर मैं सिमटकर, सिकुड़कर बैठ गया। बाहर कुछ-कुछ बारिश हो रही थी। लगता था, कुहरा झर रहा है। मेरे कपड़े तनिक भीग आये थे। काले जूतों के तलों पर गीली मिट्टी चिपक गयी थी। फ़र्श पर बिछी कालीननुमा क़ीमती दरी पर पांव रखने में अजीब-सा संकोच हो रहा था।

अभी मैं बैठा ही था कि एक छोटा-सा बच्चा आया और मुझे भीतर ले गया। एक छोटी-सी कोठरी में ले जाकर उसने बैठने का आग्रह किया।

यह कोठरी क्या थी, बगीचे की तरफ़ वाले हिस्से में एक अर्द्धवृत्ताकार

कमरा था—काठ का। खिड़कियों पर शीशे के रंग-बिरंगे टुकड़े लगे थे। पुराने ज़माने की नन्ही-सी गोल मेज़ के आमने-सामने बेंत की दो कुर्सियां थीं। सीने से बस्ता चिपकाये धीरे से तुम आयी और सामने वाली कुर्सी पर चुपचाप बैठ गयी।

मैं तुम्हारी ओर चाहकर भी नहीं देख पा रहा था। इस प्रकार की अतिरिक्त गम्भीरता ने मुझे अकारण घेर लिया था। मैं अभी तक भी बाहर की ओर ही देख रहा था। हवा में हिलती अधखुली खिड़की से सारा दृश्य साफ़ दिखलायी दे रहा था। आड़ू का छतरीनुमा बौना वृक्ष बारिश की हलकी-हलकी बौछारों से भीग रहा था। पहाड़ी के ऊपरी भाग से घना कुहासा भागता हुआ नीचे की ओर लपक रहा था। अब खिड़की की राह भीतर आने ही वाला था कि तुमने खिड़की का पल्लू तनिक भीतर की ओर खींच लिया था।

टीन की कत्थई छत पर पानी की बौछारों का संगीत साफ़ सुनाई दे रहा था। कहीं बिजली कड़क रही थी। बीच छत से एक पतला तार नीचे लटक रहा था। उसके अन्तिम सिरे पर झूलता एक बीमार बल्ब टिमटिमा रहा था।

तुमने मैथ्स की दो पुस्तकें मेरी ओर सरका दीं।

मैं बतलाता रहा, सिर झुकाये तुम हिसाब बनाती रही। आज्ञाकारी सुशील बच्चे की तरह तुमने एक भी प्रश्न अपनी ओर से नहीं पूछा।

समय का भान हुआ तो मैं अचकचाया। पूरा डेढ़ घंटा बीत चुका था। तुम्हारी किताबें, कॉपियां, पेंसिल तुम्हारी ओर सरकाकर मैं कुर्सी से उठने ही वाला था कि डॉक्टर दत्ता ने अधमुंदा दरवाज़ा खोला।

"शर्माजी, आप तो बहुत अच्छा पढ़ाते हैं।" वह मेरे समीप आकर खड़े हो गये थे, "हमें ऐसे ही ट्यूटर की आवश्यकता थी। हमारे बहनोई साहब भी डॉक्टर थे न! उनकी इच्छा थी कि हमारी यह बिटिया भी डॉक्टर बने। आपका सहयोग मिला तो शायद यह सपना कभी साकार हो जाए!" मेरी प्रतिक्रिया जानने के लिए उन्होंने अपनी प्रौढ़ दृष्टि से कुछ टटोलते हुए देखा। फिर होंठों पर टिकी पाइप हाथ में थामते हुए बोले, "वैसे पढ़ने में तो ठीक है न?"

"जी, हां। जी, हां।"

"होस्टल में ही रहते हैं आप?"

"जी, हां।"

"आपकी आवाज़ कुछ भारी-भारी क्यों लगती है? सर्दी की तो शिकायत नहीं?"

"जी, नहीं। कल झील में देर तक तैरते रहे थे, उसी से कुछ हो गया लगता है।" मैंने सकुचाते हुए कहा था।

"कल सुबह हॉस्पिटल आ जाइएगा। मौसम ठीक नहीं। सर्दी लग गई तो परदेस में परेशानी में पड़ जाएंगे।"

डॉक्टर दत्ता के साथ-साथ मैं भी बाहर निकल आया था।

बाहर अब अंधेरा था। कुहरा था। पानी भी बरस रहा था। उन्होंने मेरे मना करने के बावजूद भीतर से छतरी मंगायी और मेरे हवाले कर दी।

अपने घर की-सी इस आत्मीयता ने कहीं मेरा रोम-रोम भिगो दिया था।

2

रास्ते-भर तुम्हारी अधमुंदी पलकें पता नहीं क्यों मेरा पीछा करती रही थीं। यह क्या हो गया—फ़िल्मी कहानी की तरह? मेरी समझ में नहीं आ पा रहा था।

"गुरु, आज कुछ खोये-खोये-से हो!" सुहास ने पूछा था।

"थकान-सी महसूस कर रहा हूं।" प्रत्युत्तर में कुछ कहना है, इसलिए बिना कुछ सोचे ही मैंने कह दिया था।

"घर से चिट्ठी आयी··· ?"

"हां, सब ठीक है···।"

"विवाह की बात पिताजी ने फिर तो आगे नहीं बढ़ाई— ?"

"ना, यार, अपनी ही ज़िन्दगी चलाना कठिन है, उस पर किसी और का बोझ! जब तक पढ़ाई पूरी करके कहीं सैटिल नहीं हो जाता, विवाह की बात सोच भी नहीं सकता।"

सुहास ने सिगरेट की ठंठी झट से फ़र्श पर रगड़कर बुझा दी और कम्बल तानकर सो गया।

और मैं यों ही पड़ा-पड़ा पता नहीं क्या-क्या सोचता रहा!

सुहास मेरा क्लासफैलो ही नहीं, रूम-मेट भी था।

जब से मैं 'गुरखा-लाइंस' के इस सीनियर होस्टल में आया, हम दोनों साथ-साथ रह रहे थे। उम्र में मुझसे कुछ बड़ा ही होगा, परन्तु इज़्ज़त बहुत करता था। शायद इसलिए कि मैं पढ़ने में हमेशा अव्वल आता था, मेरे नोट्स से उसे सहायता मिल जाती थी या मुझे वह बहुत सुशील-सुसंस्कृत समझता था। पता नहीं क्यों, उससे एक तरह की आत्मीयता हो गयी थी। अपने छोटे भाई की तरह वह मेरी हर ज़रूरत का ख़याल रखता।

इन तीन महीनों में मुझे बहुत-सी बातों का पता चल गया था—डॉक्टर दत्ता की पहली पत्नी बहुत पहले गुज़र गयी थीं। यह दूसरा विवाह उन्होंने अभी चार साल पहले किया। उनकी और श्रीमती दत्ता की उम्र में अठारह साल का अन्तर है। श्रीमती दत्ता का स्वभाव भी उनके बिलकुल विपरीत है। इस विवाह से अभी तक एक भी बच्चा नहीं है। पिक्चरें देखने तथा अंग्रेज़ी के जासूसी उपन्यास पढ़ने का श्रीमती दत्ता को बहुत शौक है। डॉक्टर दत्ता पर हमेशा हावी रहती हैं। डॉक्टर दत्ता की पूर्व पत्नी के बच्चे मेमनों की तरह सहमे-सहमे-से रहते हैं।

एक दिन मैं तुम्हारे घर पढ़ाने आया तो घर सूना-सूना लगा। नौकर ने बतलाया कि सब शादी पर गये हैं—'ब्रुकहिल लॉज'। रात को देर से लौटेंगे।

मैं वापस जाने के लिए मुड़ा ही था कि तुम्हारी आवाज़ सुनायी दी।

मैंने अचकचाकर देखा, "तुम नहीं गयी?"

"न, कल से एक्ज़ाम हैं…।"

"हां, मैं तो भूल ही गया था कि कल से तुम्हारी परीक्षाएं हैं।"

रोज़ की तरह पढ़ाने के लिए मैं कुर्सी पर अभी बैठा ही था कि तुम चाय ले आयी थी।

"आपको यहां से जाते-जाते सर्दी लग जाती होगी। मल्लीताल से तल्लीताल—'गुरखा-लाइंस' डेढ़ मील तो होगा ही!" तुमने पता नहीं क्या सोचकर कहा था। तुम्हारे अधरों से आत्मीयता-भरे शब्द मैं पहली बार सुन रहा था।

"इतना तो रोज़ ही घूम लेते हैं। पहाड़ी लोगों को वैसे भी सर्दी कुछ कम लगती है।"

यह सुनते ही तुम्हारे रेशमी अधरों पर मुस्कान की एक हलकी-सी रेखा खिंच आयी थी।

— अपने बिखरे बालों को यों तर्जनी पर छल्ले की तरह तुम अकारण देर तक लपेटती रही थीं। मैं निर्निमेष तुम्हारे चेहरे की ओर देख रहा था। तुम्हारी आकृति में एक अनोखी मासूमियत थी। निर्मलता। निष्कलंकता—कमल के पत्ते पर थिरकते गंगाजल की तरह।

पता नहीं अपनी अन्तहीन परेशानियों के बावजूद मैं आज इतना खुश क्यों था? तुम्हें देखते ही एक अनोखी आत्मीयता एवं अपनेपन का अहसास होने लगता था मुझे, जैसे तुमसे जन्म-जन्मान्तरों का कोई अनाम सम्बन्ध हो।

मैंने देखा, तुम्हारे माथे पर नीला निशान-सा उभर आया है।

"माथे पर चोट कैसे लगी?"

"यों ही—गिर पड़ी थी…।"

मुझे मालूम था, तुम सच नहीं बोल रही हो, फिर भी जानबूझकर मैंने कुरेदा नहीं। मैं नहीं चाहता था कि किसी तरह तुम्हारा दिल दुखे।

तुम्हारे पिता की असामयिक मृत्यु के बाद अब डॉक्टर दत्ता ही तुम्हारे पूरे परिवार का भरण-पोषण कर रहे थे। सुहास ने बतलाया था, इन्हीं बातों पर श्री दत्ता से आये दिन श्रीमती दत्ता की तकरार होती रहती थी। तुम किन परिस्थितियों में यहां पढ़ रही हो, इसका कुछ-कुछ भान हो गया था मुझे।

"तुम्हें मेरे पढ़ाने में कोई कठिनाई तो नहीं…?"

"जी, नहीं—अब सब ठीक चल रहा है।"

थोड़ी देर मैं चुप रहा। कुछ सोचते हुए, फिर मैंने कहा, "अगर ठीक है तो फिर मैं न आऊं? मेरी अपनी भी पढ़ाई है। डिवीज़न न बना पाया तो सारा कैरियर चौपट हो जायेगा…।"

तुम्हें जैसे बिजली का तार छू गया था, "नहीं-नहीं, ऐसा न कहिये।" आवेश में तुमने मेरा हाथ पकड़ लिया था, "थोड़ी देर के लिए ही सही—एक बार अवश्य आइये। अपनी पढ़ाई भी जारी रखिए…।"

पता नहीं अपनेपन के किस अधिकार से तुम यह कह गयी थी, मेहा! मेरे जीवन में इस तरह की अनुभूति का यह पहला और अन्तिम अनुभव था। तुम्हें देखकर वासना नहीं, प्रेम नहीं, एक अलग ही तरह की अनुभूति होती थी। लगता था, तुम इस धरती की नहीं हो। इस धरती के लिए नहीं हो।

देर तक कमरे में फिर मौन रहा।

बाहर झींगुरों का सतत स्वर व्याप रहा था।

"पिछले महीने पिकनिक के लिए लड़ियाकांटा क्यों नहीं गयी? तुम्हारा सारा स्कूल गया था!" यों ही जानने के लिए मैं पूछ रहा था।

"मन नहीं था—!"

हमारे बीच फिर सन्नाटा घिर आया था। मेरे मन के किसी कोने में शंका जागी—शायद ख़र्च का प्रश्न न हो!

"एक बात पूछूं, मेहा?"

"पूछिये—।"

"बुरा तो नहीं मानोगी?"

"नहीं—।"

"तुम्हें यहां कोई कष्ट है?"

"नहीं तो—!"

"फिर तुम उदास क्यों रहती हो?"

"कहां रहती हूं?" तुमने हंसने का प्रयास किया था, पर तुम्हारी ओढ़ी हुई हंसी साफ़ झलक रही थी।

तुम फिर चुप हो गयी थी।

"एक बात कहूं— ?" मैंने फिर मौन भंग किया था।

"कहिए।"

"उसका ग़लत अर्थ तो नहीं लगाओगी?"

तुमने केवल सिर हिला दिया था, 'नहीं।'

"तुम्हें ख़र्चा पूरा मिल जाता है?"

"हां—क्यों?"

"मेरे पास जेब-ख़र्च से कुछ पैसे बच गये हैं। चाहता हूं, तुम रख लो। मैं सहायता की दृष्टि से नहीं कह रहा, न इस दृष्टि से ही कि तुम्हें कोई अभाव है। बस्स, तुम खरचोगी तो मुझे कहीं अच्छा लगेगा। केवल अपनी ख़ुशी के लिए—।"

ट्यूशन के कुछ रुपये बचे थे। मैंने यों ही जेब में हाथ डाला। बन्द मुट्ठी तुम्हारी ओर बढ़ाई तो तुमने कोई एतराज़ नहीं किया। तुम्हारी कांपती हथेली में काग़ज़ के कुछ टुकड़े यों भिंचे रहे देर तक। मैंने देखा—तुम्हारी मिची आंखों से खारे पानी की दो बूंदें टपक रही हैं।

बाहर सड़क पर आकर मुझे बहुत अच्छा लगा। मैंने महीनों से जेब-ख़र्च से बचाकर पूरी आस्तीन के स्वेटर के लिए कुछ रुपये संजोकर रखे थे।

इस ठिठुरती हुई सर्दी में उसे पहनकर मुझे शायद उतनी ख़ुशी नहीं होती, जितनी यह सोचकर कि तुम्हारे किसी काम आयेंगे।

तुम्हारा पेन टूट गया था—फ़र्श पर गिर पड़ने के कारण। मैं तुम्हें कुछ लिखा रहा था, परन्तु वह था कि आगे बढ़ने का नाम ही नहीं लेता था। मैंने वह टूटा पेन चुपके से लेकर रख लिया था और बदले में अपना नया पेन तुम्हारी ओर बढ़ाया था। पता नहीं कितने वर्षों तक वह टूटा पेन मैं जतन से सहेजे रहा! अभी भी मेरे किसी बक्स के कोने में पड़ा हो तो आश्चर्य नहीं।

दीवाली के दिन निकट थे।

गांव से पिताजी का ख़त आया था। घर आने के लिए लिखा था छुट्टियों में। मां बीमार थीं। किन्तु घर जाना क्या इतना आसान था? पैदल साठ-सत्तर मील का सफ़र। रास्ते का ख़र्च। अपनी पढ़ाई का हर्जा। छोटे-छोटे भाई-बहनों का पेट काटकर पिताजी मुझे ख़र्चा भेज रहे थे। अर्थाभाव के कारण मां का इलाज नहीं करा पा रहे थे। कहीं मां को कुछ हो गया तो सारा घर अनाथ हो जाएगा! इस कल्पना-मात्र से मैं कांप-कांप उठता।

पिताजी तो जन्मजात संन्यासी थे—हर अर्थ में सतयुगी। पुरोहिताई की आकाश-वृत्ति भी अब चल न पा रही थी। अधिकतर घर में ही बैठे रहते। दिन-रात गीता-पाठ चलता—'यदा-यदा हि धर्मस्य…।' मां को कभी-कभी 'विष्णुसहस्रनाम' सुनाने लगते, तो दिन-भर के काम से थकी मां को कब नींद आ गयी, उन्हें पता ही न चलता।

रात को तीन बजे से ही भजन शुरू हो जाते।

जब कभी घर जाता, वसन्त शरारत से देखता हुआ कहता, "दद्दा, मल्ले घर प्रेम'दा के घर चोरी हुई। छंगा का नाज भी उठ गया, परन्तु हमारे यहां कभी चोरी नहीं हो सकती।"

"क्या कुछ भी नहीं बचा अब चुराने के लिए?" मैं यों ही हंसता हुआ कहता तो वह चहक पड़ता, "च्च! नहीं, नहीं। इसलिए नहीं। पिताजी सारी रात जागते रहते हैं न! बेचारा चोर सीढ़ियों पर, खुटकन तक ही आकर लौट जाता होगा।"

यह सुनाकर शायद वह चाहता था कि मैं भी उसकी हंसी में हंसूं, पर मैं

चाहकर भी हंस न पाया। एक अजीब-सी गम्भीरता मुझे घेर लेती अकारण। कील की तरह मेरे हृदय में कुछ चुभने का अहसास होता। मुझे पता था, पिताजी सारी रात क्यों जागते रहते हैं ? उन्हें नींद क्यों नहीं आती ?

कब मेरी पढ़ाई ख़तम होगी, कब लगेगी नौकरी !

उस दिन ऐसी ही अजीब-सी चिन्ताओं में घिरा पढ़ा रहा था कि तुमने धीरे से पूछा, "कल से छुट्टियां हैं। मैं अम्मा के पास जा रही हूं—बरेली। आप नहीं जायेंगे अपने घर ?"

"नहीं।" मैंने संक्षिप्त-सा उत्तर दिया।

"यहां अकेले रहेंगे ?"

"तो और कौन रहेगा साथ ?" मैं हंस पड़ा था।

तुम फिर कुछ लिखने में डूब गयी थी। कॉपी का पन्ना पलटते हुए उसी मन्द स्वर में तुमने फिर कहा था, "आप दिन को ठीक ग्यारह बजे घड़ी देखना। उस समय मैं आपको हर रोज़ याद किया करूंगी।" तुम्हारी आवाज़ अतिरिक्त भावुकता से भर आयी थी। इतने भोलेपन से कहा था कि मैं अपनी हंसी रोक न पाया था।

"ग्यारह ही क्यों, दस या बारह क्यों नहीं ?" मैंने किंचित् मुसकराते हुए कहा तो तुम झेंप-सी आयी थी। तुनककर तुमने कहा था, "हमें नहीं मालूम।"

कितने सहज भाव से तुम यह कह गयी थी, अनुमेहा ! तुम्हें क्या पता कि दिन-भर में एक भी पल ऐसा नहीं होता, जब तुम्हारी याद न आती हो।

कॉलेज में नोट्स लेने बैठता तो कोरे काग़ज़ पर तुम्हारा प्रतिबिम्ब उभर आता। पुस्तक खोलता तो सहसा तुम सामने खड़ी हो जाती। भीड़-भरी सड़कों पर मेरी भटकती निगाहें तुम्हारा नर्गिसी चेहरा व्यर्थ में क्यों खोजने लगतीं ?

इन कुछ ही महीनों में कितना कुछ बदल गया था। बादल इतने ख़ूबसूरत मुझे पहले कभी नहीं लगे थे। खिलते फूलों में इतना सौन्दर्य भी हो सकता है, मैंने कल्पना भी न की थी कभी। आसमान कितना नीला हो आया था ! चीड़ के ऊंचे-ऊंचे वृक्ष कितने मोहक लगते ! झील के सैंवारी हरे रंग में एक साथ कितने रंग सहसा घुल-मिल गये थे—इन्द्रधनुष की तरह !

सुबह आंगन में खड़ा उगते सूरज को देखता रहता—ठगा-ठगा-सा। इतना गहरा, लाल सूरज !

दुनिया इतनी सुन्दर है, इसका अहसास पहले कभी क्यों नहीं हुआ था?

सुबह की बस से तुम्हें जाना था। पर मैं सारी रात जागता रहा—पता नहीं क्या-क्या सोचता रहा? मैंने तुम्हारे नाम एक लम्बा-सा पत्र लिख डाला था, बिना किसी सम्बोधन के। बार-बार पढ़ने के बाद, पता नहीं क्या सोचकर फिर मैंने उसे फाड़ दिया था। मेरी गरम हथेली में वे फटे टुकड़े देर तक यों ही दुबके रहे, घोंसले से गिर पड़े चिड़िया के फड़फड़ाते बच्चों की तरह! मैं उन्हें सहलाता रहा। शायद यह भूल चुका था कि वे काग़ज़ के निष्प्राण टुकड़े हैं, जिनका कोई अर्थ नहीं, कोई अस्तित्व नहीं।

पर मुझे उनमें धड़कता-सा कुछ क्यों लग रहा था? इसलिए मैं मुट्ठी में निर्ममता से उन्हें भींच नहीं पा रहा था और न उन्हें बाहर फेंकने के लिए तैयार था। मुझे लगता था, उनका अदृश्य, अव्यक्त स्पन्दन कहीं समाप्त न हो जाए!

सब भरा-भरा-सा था, फिर भी कहीं रिक्तता का अहसास क्यों हो रहा था? मैं अपने अन्दर एक विचित्र-सी बेचैनी अनुभव कर रहा था—एक अजीब-सी अव्यक्त पीड़ा।

पता नहीं यह सब क्या होने जा रहा था!

सुबह जागा तो बारिश की वजह से समय का ठीक आभास न हो पाया। जल्दी-जल्दी तैयार होने लगा। शायद सात बजे की बस से तुम्हें जाना था। इस समय पौने सात होने वाले थे।

कल बाज़ार से लौटते समय मैंने कुछ फल ख़रीद लिये थे—यों ही। वही लिफ़ाफ़ा इस समय मेरे हाथों में था और मैं लेक-ब्रिज की दिशा में चल रहा था। नहीं-नहीं, चल नहीं, भाग रहा था। जिस गति से मैं चल रहा था, वह भागने से किसी भी स्थिति में कम नहीं थी।

हांफता हुआ जब वहां पहुंचा तब तक तुम्हारी बस निकल चुकी थी। हतप्रभ-सा मैं देर तक अकारण खड़ा रहा।

बस सात बजे जाती है, इस समय सात बजने में दो मिनट हैं, फिर बस समय से पहले कैसे निकल गई? मैं भूल गया था कि मेरी घड़ी भी ग़लत हो सकती है! बस का समय पौने सात भी तो हो सकता है!

प्लेन्स की ओर जाने वाली हर बस के भीतर मैं उचक-उचककर झांक

रहा था, यह जानते हुए भी कि तुम इनमें नहीं हो सकती।

लौटते समय मन भटकता रहा—तुम्हारी बस हनुमानगढ़ी पहुंच गयी होगी। अब चील-चक्कर के मोड़ पर घूम रही होगी। अब बल्दियाखान! ज्योलीकोट—काठगोदाम! हे भगवान्···

पश्चिम के क्षितिज पर संध्या धीरे-धीरे तिर रही थी। रंग-बिरंगा धुंध-सा चारों ओर अबीर की तरह बिखरा हुआ था। सामने खड़ा बजरी का स्लेटी पहाड़ कट-कटकर नीचे सरक आया था। एक रीता पुराना ट्रक बजरी भरने के लिए हथेलीनुमा उस पहाड़ी पर चढ़ रहा था—मंथर गति से—हांफता हुआ, रेंगता हुआ। पहाड़ी के ऊपरी भाग की नंगी चट्टान बहुत कठोर लग रही थी—आड़ी-तिरछी कटी—एकदम छिछली। नुकीली। उसकी चोटी के अन्तिम सिरे पर देवदार के हरे-भरे वृक्षों का झुरमुट था, आसमान को छूता हुआ। डूबते सूरज की अन्तिम किरणें उनकी नुकीली चोटियों पर रह-रहकर झांक रही थीं। नीचे की ढलवां पहाड़ी पर चीड़ के छितरे वृक्षों का अन्तहीन फैलाव। उस पार कोई गांव-सा दिखलाई दे रहा था। घरों की सफ़ेद दीवारें साफ़ झलक रही थीं—शायद खुरपा-पाताल होगा।

चील-चक्कर के उस मोड़ पर पता नहीं मैं कब से बैठा था? सांप की तरह बल खाते घुमावों को अचरज से देख रहा था। कोई गाड़ी क्षण-भर झलक दिखाने के बाद सहसा ओझल हो जाती। तभी दूसरे मोड़ पर एक और झलक दीखती, फिर ग़ायब! कारों, बसों की यह आंखमिचौली देखने के लिए नहीं, पता नहीं क्यों मैं इधर निकल आता, जब भी तनिक अवकाश मिलता।

यहां एकान्त रहता, निपट अकेलापन! ये मोड़, ये पहाड़ियां—उस पार क्षितिज तक फैला धुंधला-धुंधला जादुई दृश्य! पहाड़ और मैदान के सन्धि-स्थल के समीप बिखरा तराई-भाभर का विस्तीर्ण क्षेत्र। रात के अंधियारे में सारा दृश्य स्वप्न-लोक जैसा लगता। टिमटिमाती बिजली की बत्तियां! क्षितिज से मिला मैदानी भागों का अन्तिम छोर। कभी-कभी ध्यान से देखने पर पीला प्रकाश-बिन्दु धरती पर सरकता, चमकता, ओझल होता दिखलायी देता—शायद कोई चलती हुई रेलगाड़ी हो! पूर्णिमा के शुभ्र, स्वच्छ प्रकाश में कभी पारे की तरह चमकती हुई कुछ लकीरें दीखतीं—नदियों या नहरों

के प्रतिबिम्ब!

मैं एक पत्थर पर बैठा, सब कुछ देखकर भी कुछ नहीं देख रहा था। सुबह समय पर क्यों नहीं पहुंचा? इसी का पश्चात्ताप अभी तक डंस रहा था।

इसी सड़क से तुम्हारी बस गयी होगी न?

और इसी सड़क से एक दिन तुम्हारी बस आयेगी!

प्लेन्स की ओर से आने वाली प्रत्येक बस की ओर मैं जिज्ञासा से देखता। हर बस मुझे अच्छी लगती। तुमसे जुड़ी प्रत्येक वस्तु में मुझे एक प्रकार का अपनापन-सा लगता था।

ज्यों-ज्यों सांझ घिर रही थी, सड़क पर गाड़ियों की हलचल कम होती चली जा रही थी। आसमान इस समय बिलकुल साफ़ था। कहीं बादलों का एक भी फाया नहीं। अमावस से पहले का आकाश जगमगाते तारों से भर आया था। हवा में नमी थी, हलकी-हलकी शीतलता।

पत्थर पर से उठा तो पीछे से पैंट एकदम ठंडी हो आयी थी। हाथ-पांव शिथिल। पता नहीं क्यों मैं थका-थका-सा अनुभव कर रहा था!

कच्चे रास्ते के किनारे नुकीली घास-सी उगी थी—लाल रंग की। कुछ तिनके यों ही बेरहमी से तोड़कर मैं दांतों से काटता रहा और फिर पक्की सड़क पर आकर ठिठक गया।

मैं लौटने लगा था अब।

सारे होस्टल में अकेला प्राणी रह गया था। छुट्टी में सब अपने-अपने घर चले गये थे। इसलिए उस भयावह एकान्त में जाने का कोई उत्साह नहीं रह गया था।

अभी कुछ ही क़दम चल पाया हूंगा कि पीछे से पीली रोशनी की दुहरी लहर-सी दूर से अपनी ओर आती दिखलायी दी और मेरे पास से गुज़रकर अगले मोड़ पर ओझल हो गयी। केवल पेट्रोल का धुआं सड़क पर कुछ क्षण के लिए बिखरा और फिर गहरा सन्नाटा।

धीरे-धीरे आगे बढ़ रहा था मैं। अब चढ़ाई थी। ऊपर से मिट्टी-पत्थर खिसकने के कारण यहां पर सड़क बहुत तंग हो गई थी। मैं संभल-संभलकर आगे निकल ही रहा था कि दूर सामने से एक छाया-सी अपनी ओर आती दिखलाई दी। उस बढ़ते अंधियारे में सहसा जो पहचान पाया, वह मात्र भ्रम लगा। फिर भी चुम्बक की तरह अनायास मैं आगे खिंचता चला गया।

"मेहा—तुम!" अचरज से मेरे होंठ खुल आये।

तुम मेरे बहुत क़रीब आकर ठिठक पड़ी थी—"आप!"

दौड़ने के कारण तुम हांफ रही थी। तुम्हारे खुले हुए बाल हवा में उड़ रहे थे।

मुझे सच नहीं लग रहा था। इस समय तुम यहां?

"यहां क्या कर रहे हैं आप?" तुमने विस्मय से पूछा था। तुम अभी तक आश्चर्य से मेरी ओर देख रही थी।

परन्तु मेरा ध्यान अभी तक तुम्हारे प्रश्न की ओर नहीं था। अभी तक अपनी आंखों पर मुझे विश्वास नहीं हो पा रहा था। कहीं यह जीवित स्वप्न तो नहीं!

"तुम तो चली गई थी सुबह···!" मैं स्वयं बड़बड़ा रहा था।

पर तुम सहसा मुसकराई थी, "चली जाती तो कैसे होती यहां?"

कुछ रुककर तुमने पूछा था, "यहां आप अकेले क्या कर रहे हैं?"

"ऐसे ही घूमने चला आया था। शहर का शोरगुल अच्छा नहीं लगता···।"

"इस अंधेरे में—घूमने?"

"तो उजियाला कहां से लाऊं?" गहरी सांस भरकर मैं कह रहा था, जैसे स्वयं से बातें कर रहा हूं।

"सुबह सात की बस से जाना था तुम्हें तो?" मुझे सहसा याद आया।

"जाना तो था, परन्तु अंकल ने ऐन वक़्त पर मना कर दिया था—अकेले जाने के लिए। बोले—कल साथ-साथ चलेंगे। अंकल का भी कुछ काम है—बरेली।"

तुम अभी तक भी पूरी तरह संयत न हो पायी थी। ठगी-ठगी-सी खड़ी थी अचरज में डूबी। तुम्हारी गरम-गरम सांसों का स्पन्दन मैं साफ़ अनुभव कर रहा था।

"सच नहीं···लग···रहा···!" मैं जैसे शून्य में अटका हुआ था। एक विस्मय-भरी प्रफुल्लता अपने में समेट नहीं पा रहा था।

"अरे, ऐसे ही खड़े रहोगे या चलोगे भी?" तुम हंस पड़ी थी ज़ोर से। तुम्हारे हंसने की आवाज़ आज पहली बार मैंने सुनी थी। कितनी मोहक थी तुम्हारी हंसी!

"इतनी सर्दी में बिना कपड़े पहने निकल आये! देख नहीं रहे हैं; कितनी ठंडी हवा चल रही है थुरथुर!" तुमने मेरी बांहों को छुआ। हाथों

को छुआ, ''हे भगवान्, कितने ठंडे!'' तुम चीख-सी पड़ी थी।

उस अंधियारे ही में झटके से मैं पीछे हट गया था। तुम्हारे स्पर्श मात्र से मेरा सारा शरीर झनझना आया था। कहीं कोई देख लेता तो!

मेरी प्रतिक्रिया पर तुम हंस रही थी। हंसती रही देर तक—पागलों की तरह।

आज तुम इतनी मुखर क्यों लग रही थी? अटूट एकान्त की वजह से या इस अप्रत्याशित संयोग के कारण?

तुम्हें देखकर कभी लगता ही नहीं था कि तुम्हारे होंठों से स्वर भी फूट सकते हैं कभी या निगाहें ऊपर उठाकर भी तुम देख सकती हो—भूल से।

तुम चुप थी।

मैं भी।

अंधकार को चीरता तभी हॉर्न बजा, जिसकी प्रतिध्वनि देर तक घाटियों में गूंजती रही।

''अरे, हम क्यों खड़े हैं? चलिए न, ड्राइवर रुका इन्तज़ार कर रहा है। उसे अभी लौटना भी है!'' तुमने अचकचाकर कहा और मेरी बांह पकड़कर चलना आरम्भ कर दिया था।

तुम बहुत सट-सटकर चल रही थी—हवा में उड़ी-उड़ी-सी।

''जीप की रोशनी में आपकी-सी आकृति देखकर पहले तो मैं चौंकी। सच नहीं लगा कि इस समय आप यहां हो सकते हैं! पर ज्यों ही जीप आपकी बगल से गुज़री, मैं चीख-सी पड़ी। ड्राइवर से गाड़ी रोकने के लिए कहा तो वह कुछ समझा नहीं। रुकवाते-रुकवाते भी दो मोड़ पार हो गये…।'' तुम बहकी-बहकी-सी कह रही थी, वायु में तिरती हुई-सी।

''इस बेवक़्त आ कहां से रही थी?'' मैंने तुम्हारी ओर देखा।

''पटवाडांगर गयी थी, सोनल जिज्जी से मिलने। अंकल ने कहा, जीप ले जाओ। आठ बजे तक हर हालत में लौट आना। वहीं से आ रही हूं।''

''हमारी सोनल जिज्जी आपने देखी तो हैं न?'' तुमने कुछ रुककर पूछा, ''कुछ ही दिन पहले तो आयी थीं हमारे घर—एक्स-रे के सिलसिले में!''

हां, तुम ठीक ही तो कह रही थी! मुझे याद आया, शायद मैंने देखा भी था उन्हें। उस दिन तुम आधी पढ़ाई में ही उठकर चली गयी थी। डॉक्टर दत्ता भी उन्हें देखने पटवाडांगर यदा-कदा जाते रहे हैं।

"अब कैसी हैं?" मैंने पूछा था।

"ठीक हैं। अम्मा ने लिखा था—आते समय उन्हें देख आना। बीमारी के कारण बिचारी पिछले एक साल से बरेली नहीं जा पायीं।"

"उनके पति वहीं लैब में हैं क्या?"

"जी, हां, साइंटिस्ट हैं। जीजा-जिज्जी दोनों बहुत भले हैं। रिश्ते में कुछ दूर के हैं, परन्तु हमें सगों से ज़्यादा मानते हैं।"

हम चलते रहे।

तुमने अब पता नहीं क्या सोचकर बातों की दिशा बदल दी थी। तुम एकालाप करती हुई कहती जा रही थी, "सच्च, आप मिल गये, कितना अच्छा हुआ! आज सारा दिन आपके ही बारे में सोचती रही। मल्लीताल, तल्लीताल, माल, लेक-ब्रिज—जहां-जहां भी गयी, निगाहें आपको ढूंढ़ती रहीं। अभी पटवाडांगर जाते समय, सड़क से आपके होस्टल की ओर झांका। सच, एक चिड़िया तक नहीं दीखी…!" कहते-कहते तुम्हारा स्वर भर आया था।

अंधियारे में मैंने तुम्हारा चेहरा खोजने की कोशिश की, परन्तु कुछ भी साफ़ नहीं दीख पा रहा था। केवल तुम्हारी टूटी आवाज़ आ रही थी—कम्पन-भरी।

"पता नहीं क्या हो गया है मुझे!" तुम्हारा डूबता हुआ स्वर था, "न पढ़ने में मन लगता है, न खेलने-खाने में ही। दिन-रात अकारण परेशान रहती हूं। एकान्त में बैठकर कभी रोने को मन होता है। अपनी परेशानी मैं किससे कहूं…!" तुम नन्ही बच्ची की तरह सचमुच रो रही थी—सिसक-सिसककर।

मेरा शरीर पत्थर बन गया था।

क्या कहूं, क्या न कहूं—मुझे कुछ सूझता नहीं था।

अब हम जीप के नज़दीक पहुंच चुके थे। पीली हैड लाइट्स जल रही थीं। ड्राइवर परेशान था, इस अप्रत्याशित विलम्ब के कारण।

अब तक तुमने अपने दुपट्टे से जल्दी-जल्दी आंसू पोंछ लिए थे। बिखरे हुए बालों को यों ही पीछे समेट लिया था और तुम पाषाण-प्रतिमा की तरह चुप थी—एकदम गूंगी-सी।

ड्राइवर ने कुछ कहा, परन्तु तुमने कोई उत्तर नहीं दिया।

ड्राइवर की बग़ल वाली सीट पर पहले तुम बैठी। फिर बाएं किनारे की

तरफ़ तनिक जगह बनाकर मुझे बैठने के लिए कहा।

सकुचाया-सा मैं चुपचाप बैठ गया था।

जगह कम थी, बहुत कम, बित्ते-भर भी नहीं।

जीप स्टार्ट हुई ही थी कि एक झटका लगा। मैं सामने वाले शीशे से टकरा ही गया होता, यदि फ़ुर्ती से तुमने पकड़ न लिया होता।

''आप आराम से बैठिए न!'' कहती हुई तुम किंचित् और परे हट गयी थी।

मैंने सीट के सामने, सिर की तरफ़ लगी लोहे की छड़ ज़ोर से जकड़ ली थी। तुम पर तनिक भी दबाव डाले बिना मैं घुमावदार मोड़ों पर जीप के झटके सहता रहा। मुझे पता ही नहीं चला, कब जीप हनुमानगढ़ी से आगे बढ़ी, कब उसने चुंगी-ऑफ़िस की सीमा पार की।

हॉस्टल के ऊपर, सड़क पर तभी झटके से जीप रुकी।

शायद तुमने ही रुकवाई होगी।

उछलकर मैं उतरा।

तुम्हारे चेहरे में वही गम्भीरता अभी तक बनी थी—भरे हुए बादलों का-सा भारीपन!

''मैं चलूं··· ?''

तुमने कुछ भी नहीं कहा, उसी तरह देखती रही थी।

सीढ़ियां उतरता नीचे चला आया था, तब भी शायद तुम उसी तरह थी।

3

कमरा खोला ही था कि पांवों के पास फ़र्श पर एक अन्तर्देशीय पड़ा था—पानी से भीगा। बाहर से ही देखकर समझ गया था कि वसन्त का होगा।

उसने लिखा था—अम्मा को परसों मायावती अस्पताल में भर्ती करा दिया है। डॉक्टर कहते हैं—जल्दी ही ठीक हो जायेंगी। ···आप चिन्ता न करना। पिताजी ने कल लोहाघाट के डाकखाने से आपके नाम मनीऑर्डर भेज दिया है। इस महीने का ख़र्च चल जायेगा। आपकी चिट्ठी न आने से पिताजी परेशान रहते हैं। अम्मा रोती रहती हैं। आप पत्र क्यों नहीं देते, दद्दा··· ?

यह सब होना है, इसका अहसास था मुझे।

पत्र बन्द करके मैं दरवाज़े के पास कुर्सी खींचकर बैठ गया। पता नहीं रोशनी क्यों चुभ रही थी! इसलिए स्विच ऑफ़ कर, अंधेरे में बैठा बाहर की ओर शून्य दृष्टि से ताकता रहा।

छोटी दीवाली के दीप दिपदिपा रहे थे, किन्तु छात्रावास की सीमा-रेखा के भीतर निविड़ अन्धकार था। वार्डन अपने परिवार के साथ घर गये थे—मुरादाबाद। ले-देकर एक चौकीदार बचा था। कल से वह भी नदारद था। जुए में मस्त होगा शायद…!

कमरे से यों ही बाहर निकल आया था मैं।

दरवाज़े के पास लगा रात की रानी का पौधा महक रहा था। बैरकनुमा सारी इमारतें अंधेरे में डूबी थीं। दूसरे विश्वयुद्ध के समय सैनिकों के आवास के लिए बनायी गयी ये इमारतें अब छात्रावास में बदल दी गयी थीं। टीन के दरवाज़े, बायीं ओर लम्बा-चौड़ा धोबीघाट (जिसकी अब कोई उपयोगिता नहीं रह गयी थी), नीचे बीरभट्टी वाली सड़क के ऊपर बनाया गया कॉमन मैस—जिसमें अब हमारी रोटियां सिंकती थीं, अतीत की अनेक स्मृतियां अपने में समेटे हुए था।

ठीक वैसी ही एक जीप अभी सड़क से गुज़री थी, जिस पर अभी कुछ समय पहले तुम बैठी थी! शायद तुम्हें छोड़कर वापस पटवाडांगर जा रही हो।

तुम्हारा अकस्मात् यों मिलना, तुम्हारी आत्मीयता-भरी बातें, तुम्हारा आंसुओं से भीगा चेहरा अब तक मेरी आंखों के आगे घूम रहा था।

तुमने जिस तरह मेरा हाथ पकड़ा था, क्या वह सायास नहीं था? तुम सट-सटकर चलना क्यों चाह रही थी? कहीं कोई देख लेता तो!

पाप-पुण्य की परिभाषा मैं नहीं जानता, भले-बुरे का विश्लेषण भी सम्भव नहीं। मैं इतना ही जानता था मेहा, जो कुछ हो रहा था, वह मुझे शुभ नहीं लग रहा था कहीं।

तुम्हारा यह अप्रत्याशित परिवर्तन मुझे भीतर तक झकझोर गया था।

बाहर सर्दी बढ़ने लगी थी। अक्तूबर के बाद शाम से ही हवा चुभने लगती थी। मैं ग़मगीन-सा भीतर चला आया था। किवाड़ मूंदकर बिस्तर में

घुस पड़ा था। कोर्स की किताबों का मेज़ पर ढेर लगा था। दो-तीन पुस्तकें उठाकर सिरहाने के पास रख दी थीं मैंने—किन्तु उनमें भी मन टिक नहीं पा रहा था। सारे शब्द मिलकर एक हो गये—स्याही के धब्बे की तरह! मैं चाहकर भी कुछ नहीं पढ़ पा रहा था—न मालूम क्यों?

मेरा मन सचमुच उदास था, अनेक झंझावातों से घिरा!

चित्त किसी तरह जब शान्त न हुआ तब मैंने रैक में से स्वामी विवेकानन्द की एक पुस्तक उठा ली। पहले अध्याय से दूसरे अध्याय तक पृष्ठ पलटता चला गया, किन्तु क्या पढ़ रहा हूं, मुझे पता ही नहीं चल पा रहा था।

यों ही पन्ने पलटते जा रहा था कि पुस्तक के बीच में पीले रंग का काग़ज़ का एक टुकड़ा दीखा, पेंसिल से जिस पर मैंने कभी लिखा था—मांग, तुझे मिलेगा। ढूंढ़, तू पायेगा। खटखटा, तेरे लिए द्वार अवश्य खुलेंगे।

बाइबिल से उद्धृत ये सूक्त-वाक्य मैंने न मालूम कब लिखे थे? क्यों? क्यों यह टुकड़ा वर्षों से पुस्तक-चिह्न की तरह पड़ा है? मेरी समझ में कुछ भी नहीं आ रहा था। केवल इतना ही समझ रहा था मैं, कि मांगने पर भी मुझे जीवन में कुछ मिलेगा नहीं, ढूंढ़ने पर भी मैं कुछ पा नहीं सकूंगा, खटखटाने पर भी मेरे लिए कभी कोई द्वार खुलेगा नहीं।

मेरा शरीर तप रहा था!

आग की लपटों से मैं घिरा था!

सुबह अभी जागा ही था, किसी ने दरवाज़े खटखटाये।

टीन के दरवाज़ों पर थोड़ी-सी आहट ही अधिक शोर का अहसास जगाती है न!

मैं हड़बड़ाता हुआ जागा।

कुण्डा खोला तो तुम्हारे अंकल का नन्हा नौकर सामने खड़ा था।

"आपको बीबीजी ने बुलाया है।"

"कौन बीबीजी··· ?" मैंने आंखें मलते हुए पूछा, "अनुमेहा ने?"

"जी, नहीं।"

"मिसेज़ दत्ता ने··· ?"

"जी, हां।"

"क्या काम है?" मैंने उत्सुकता से देखा।

''पता नहीं सैप, हमसे तो बोला बुलाने के वास्ते... !''

''ठीक है, तुम जाओ, मैं आ जाऊंगा।''

मेरे यह कहने के बावजूद वह खड़ा रहा, ''सैप, साथ-साथ बुला लाने को बोला है।'' सहमते-सहमते उसने कहा।

मैंने झटपट हाथ-मुंह धोये। कपड़े बदले। जूते के फीते बांध ही रहा था कि खयाल आया, ''डॉक्टर साहब तो चले गये थे बरेली?''

''जीई...।''

''साथ में कौन था?''

''मेहा बीबी। सुबह तड़के निकल गये!''

फिर श्रीमती दत्ता क्यों बुला रही होंगी?

कहीं ड्राइवर ने कल हमारी बातें तो नहीं सुन लीं? हमारे सम्बन्धों के बारे में कहीं उन्हें किसी से पता तो नहीं चल गया? तुम्हारे मुंह से ही जाने-अनजाने कोई बात निकल पड़ी हो!

सुहास उस दिन जाते समय कह गया था—श्रीमती दत्ता कौसानी जा रही हैं, किसी काम से। अकेली जाना ठीक नहीं। इसलिए डॉक्टर दत्ता मुझे भी साथ चलने के लिए कह रहे हैं। छुट्टियां तो अब हो ही रही हैं। सोचता हूं, लौटते समय वहीं से घर—मुक्तेश्वर चला जाऊंगा।

''बीबीजी बाहर से कब लौटीं?'' मैंने ताला लगाते हुए पूछा।

''जी, वह तो कल ही आ गयी थीं।''

''कल?''

कल तो मैंने देखा नहीं था, पढ़ाते समय।

''साथ में सुहास भी था?''

''सैप, मुझे पता नहीं।''

दो टूक उत्तर देकर वह चुप हो गया, परन्तु मेरे चारों ओर अनेक प्रश्न घिर आये थे।

ऐसी भी क्या आवश्यकता आ पड़ी, जो इसी समय बुला रही हैं श्रीमती दत्ता? मुझे आज कपड़े धोने थे, कुछ नोट्स तैयार करने थे, घर चिट्ठी भेजनी थी। पता नहीं, अम्मा का स्वास्थ्य कैसा होगा?

'ब्लू कॉटेज' पहुंचते-पहुंचते दस बज गये थे।

डॉक्टर दत्ता के घर में न होने के कारण आज भीड़ कुछ कम थी।

ड्राइंगरूम में जाकर मैं बैठा ही था कि नौकर ने बतलाया, ''आपको

भीतर बुला रही हैं···"

यद्यपि महीनों से पढ़ा रहा था, परन्तु इस कॉटेज के भूगोल से अब तक परिचित न हो पाया था। दो कमरे पार करने के बाद सीढ़ियां थीं। उनके ऊपर अन्तिम छोर वाले कमरे में मैंने डरते-डरते प्रवेश किया।

"आपको जिस काम के लिए बुलाया था, वह तो हो गया। ख़ैर, बैठिये न!" श्रीमती दत्ता ने सामने वाली कुर्सी की ओर इंगित किया।

इतनी तसल्ली से बैठे, मैंने उन्हें पहले कभी नहीं देखा था—एकदम उपराम! शान्त!

गुदगुदैले सोफ़े में धंसी वह कोई रंग-बिरंगी पत्रिका पढ़ रही थीं। सामने डिबियानुमा शीशे की ऐश-ट्रे के ऊपर तिरछी रखी सिगरेट सुलग रही थी। धुएं की दुहरी पतली लकीर-सी ऊपर उठ रही थी।

"अनु पढ़ने में मेहनत तो कर रही है न?" उन्होंने लेटे-लेटे पूछा।

"जी, हां!"

"इस बार होम-एक्ज़ाम में मार्क्स तो अच्छे लायी है···।"

"जी···!"

"आप घर क्यों नहीं गये छुट्टियों में?" उन्होंने जैसे हवा में प्रश्न उछाला। उनकी बातों से लग रहा था, वह सारे प्रश्नों को गम्भीरता से नहीं ले रही हैं, बल्कि कुछ पूछना है, इसलिए पूछ रही हैं।

"पढ़ाई में मेहनत करनी है···।" मैंने रुक-रुककर उत्तर दिया।

"आपका चेहरा फ़ोटोजनिक लगता है। आप फ़िल्मों में क्यों नहीं चले जाते?"

"जी, फ़िल्मों से नैतिक पतन होता है व्यक्ति का!"

मेरे इस उत्तर पर वह हंस पड़ी थीं, "नैतिक पतन से आप घबराते क्यों हैं? नैतिक पतन और नैतिक उत्थान दो अलग-अलग वस्तुएं तो नहीं! एक ही चित्र के दो पहलू हैं न!"

उनके इस तर्क को स्वीकार करने के लिए मैं कतई तैयार नहीं था, इसलिए चुप हो गया।

"सुना है, आप अच्छे तैराक हैं। झील में भी तैर लेते हैं।"

"जी—कभी-कभी···!"

"वक़्त मिले तो कभी हमें भी सिखलायेंगे?" उन्होंने उत्सुकता से पूछा था।

परन्तु मैं चुप रहा, झिझक के कारण।

उन्होंने फिर कुरेदा तो मैंने कहा, "आप खुले तालाब में तैरेंगी?"

मैं कह ही रहा था कि वह ठहाका लगाकर हंसीं। न जाने मेरी आकृति के भावों से उन्होंने क्या अनुमान लगाया, "आप परेशान क्यों हो रहे हैं, मास्टरजी? आप सिखलाने वाले तो बनिये! हम तालाब में नहीं, सागर में तैरेंगे—आपके साथ—दिन दोपहर!"

मेहा, मुझे सूझ न रहा था कि अब क्या कहूं? मुझसे वह उम्र में बड़ी थीं, अनुभव में बड़ी—हर लिहाज़ से।

तभी उन्होंने चाय मंगायी।

स्वयं ही बनाकर एक प्याला मेरी ओर बढ़ाया। मैं देख रहा था, मेरे प्याले में उन्होंने सारा दूध उड़ेल दिया था—बातों-ही-बातों में।

"सुना है, अध्यात्म में आपकी विशेष रुचि है? वेद-पुराण पढ़ते हैं?"

मैं हंसा, "जी, नहीं! पिताजी पुरोहिताई करते हैं न! बाल्यकाल से ही संस्कृत में रुचि रही। उनके धार्मिक ग्रन्थों का भी पारायण करता रहा। यों अध्यात्म तो बहुत ऊंची चीज़ होती है। हमारे-आपके वश की कहां? उसके लिए तो युग-युगों की साधना चाहिए!"

मैंने देखा, श्रीमती दत्ता के होंठों पर आती हंसी बड़ी मुश्किल से रुकी है।

"होरस्कोप देखना तो जानते होंगे?"

"जी, पिताजी अच्छा देख लेते हैं।"

"पामिस्ट्री... ?"

"..."

"सुना है, अध्यात्म से आत्मा को बड़ी शान्ति मिलती है! बड़ी शक्ति होती है उसमें। आग पर तो आप भी चल लेते होंगे?"

"नहीं-नहीं! जी—!"

वह हंस पड़ी थीं ज़ोर से, "बड़े भोले हैं मास्टर जी, आप? डॉक्टर साहब ने आपको ठीक ही रखा है, बच्चों को पढ़ाने के लिए!"

श्रीमती दत्ता किस अर्थ में यह सब कह रही हैं, उस समय मेरी समझ में न आ पाया था।

कुछ देर बैठकर मैं चलने को हुआ।

"कभी-कभी आप आते रहिए न? आपसे ज्ञान की कुछ बातें हम भी

सीख लेंगे!"

"जी—।"

"कल शाम आइये ट्यूशन के समय…!" हंसते हुए उन्होंने कहा था।

इतनी रहस्यमयी थी वह हंसी कि मैं घबरा गया था।

ऐसी उखड़ी-उखड़ी बातें क्यों की होंगी श्रीमती दत्ता ने? नैतिक उत्थान या पतन में क्या कोई भेद नहीं? किसी सम्भ्रान्त महिला का खुले तालाब में नहाना अच्छा लगता है—वह भी पर-पुरुष के साथ? सीधा-सच्चा होना या बच्चों को पढ़ाना गुनाह है? श्रीमती दत्ता का कहना था कि मन की शांति के लिए उन्हें आध्यात्मिक ज्ञान की आवश्यकता है। क्या ऐसे दृष्टिकोण से आध्यात्मिक ज्ञान प्राप्त किया जा सकता है? नहीं, नहीं—ऐसे अनेक प्रश्न लौटते समय मुझे मथते रहे।

तब मेरे संस्कार ही ऐसे थे कि इनके अतिरिक्त और कुछ सोच पाना मेरे लिए संभव भी नहीं था शायद।

श्रीमती दत्ता के विचारों में ही नहीं, जीवन में भी उलझाव-सा लगा मुझे। दो चरम बिन्दुओं पर जी रही थीं वह। सुहास ने एक दिन बातों-ही-बातों में उनके बारे में जिस रहस्य का उद्घाटन किया था, उससे उनके एक और व्यक्तित्व पर प्रकाश पड़ता था। अन्त में उसने जो कुछ कहा था, उसका सार था—श्रीमती दत्ता को समझ पाना भगवान् को समझ पाने की तरह दुष्कर है। जितनी वह नास्तिक लगती हैं, उतनी ही आस्तिक भी हैं। उनके व्यक्तित्व में जितनी कठोरता झलकती है, उसके अनुपात में वह कई गुना अधिक सहृदय हैं, उदार भी। डॉक्टर दत्ता के प्रति जिस हद तक जुड़ी हैं, उसी सीमा तक उनसे अलग भी हैं। अनेक धरातलों पर एक साथ जीने की क्षमता है उनमें। ऊपर से सपाट-समतल दिखलायी देने पर भी कई सिलवटें हैं उनके व्यक्तित्व में—खामियां और खूबियां साथ-साथ!

दूसरे दिन शाम को उन्होंने फिर बुलाया था न—ठीक ट्यूशन के समय, जिस समय तुम्हें पढ़ाया करता था।

सचमुच यह एक दूसरा ही रूप था उनका।

शाम को जब वहां पहुंचा तब, एक दूसरी ही महिला को बैठे देखा—श्रीमती दत्ता के नाम से। कोई महिला अपने को इतना बदल सकती है, मैं

कल्पना भी नहीं कर सकता।

शायद वह दीवाली के बाद, दूसरा दिन था। तुम्हारी तरह सफ़ेद कुर्ता-सलवार पहने वह उसी कुर्सी पर बैठी थीं, जिस पर तुम बैठा करती थी। तुम्हारी तरह उन्होंने भी गले पर दुपट्टा नहीं डाल रखा था। सामने पीली पेंसिल थी। कुछ कॉपियां और किताबें—ठीक उसी तरह बिखरी, जिस तरह असावधानी से तुम बिखेर दिया करती थी।

ज्यों ही मैंने कमरे में प्रवेश किया, कुर्सी से वह सहसा उठ बैठी थीं, "मास्टरजी, आइए!" बड़े आदर से हाथ जोड़कर उन्होंने अभिवादन किया था।

उनके जुड़े हुए सगमरमरी हाथ अब तक मेरे स्मृति-पटल पर ज्यों के त्यों अंकित हैं।

मैं तब तक असमंजस में था। समझ में नहीं आ पा रहा था कि अच्छी-भली श्रीमती दत्ता को आज यह क्या हो रहा है! हू-ब-हू ठीक तुम्हारी तरह उनके रूखे-रेशमी बाल हवा में उड़ रहे थे। सामने के ऊपर वाले चौड़े दांत पर पेंसिल की नोक से टिक्-टिक् कर रही थीं, जैसे तुम किया करती थी कभी-कभी, सोचते समय।

सकुचाया हुआ-सा मैं बैठ गया था चुपचाप! पता नहीं उनके अभिवादन का क्या उत्तर दिया था मैंने!

"मुझे क्या पढ़ाएंगे—काम-शास्त्र या राम-शास्त्र?" मेरे बैठते ही उन्होंने प्रश्न फेंका था। वह मेरी ओर उत्सुकता से देख रही थीं—बच्चों की-जैसी जिज्ञासा से। श्रीमती दत्ता आज यह क्या कह रही हैं!

मैं अभी तक सहज संकोच से उबर नहीं पाया था। असमंजस में था—अजीब-सी दुविधा की स्थिति में। तभी वह सहसा खिलखिलाकर हंस पड़ीं, "हे शंकराचार्य! आप मुझे राम-शास्त्र ही पढ़ाइए। काम-शास्त्र आपके वश का नहीं!"

'ब्रह्मसूत्र-भाष्य' पुस्तक उन्होंने मेरी ओर बढ़ा दी थी।

इसमें अब मुझे रंचमात्र भी संदेह नहीं रह गया था कि श्रीमती दत्ता आज सचमुच पागल हो गयी हैं। क्या कोई सामान्य महिला ऐसा कर सकती है?

"व्याकरण जानते हैं, पाणिनिजी?"

"जी—कुछ-कुछ।"

"समास बतला सकते हैं?"

मैं समझा नहीं!

"पुल्लिग और स्त्रीलिंग का भेद इस वज्र मूर्ख शिष्या को समझा सकते हैं?" उन्होंने जिस अधिकारपूर्ण रोबीले स्वर में कहा, उससे मैं सचमुच घबरा गया था। मेरे चेहरे पर हवाइयां उड़ने लगी थीं। मैं देख रहा था—दांतों के बीच तर्जनी टिकाये वह पता नहीं किन निगाहों से मेरी ओर देखती हुई—खिल-खिल हंस रही थीं। टूटी-टूटी अजीब-सी हंसी में!

"मास्टरजी, आप पढ़ाइए न⋯!"

"..."

"जो आप ठीक समझें, वही पढ़ा डालिए। कुछ तो हमारा ज्ञानवर्द्धन हो!" उसी तरह टकटकी बांधे वह देखती रही थीं।

यह सब अच्छा नहीं लग रहा था। कहीं अपने को आहत अनुभव कर रहा था।

मैंने सामने रखी पुस्तक उपेक्षा भाव से तनिक परे सरका दी। अब मैं उठने ही वाला था कि वह सहसा बोल पड़ीं, "आप बुरा तो नहीं मान गये, मास्टरजी! आपको ठीक नहीं लग रहा है तो न पढ़ाइये, पर बैठिये तो सही!"

मैं चुपचाप बैठा रहा।

"मेरी बात का बुरा लगा हो तो क्षमा कीजियेगा।" पल-भर बाद तनिक संयत होते हुए उन्होंने कहा, "आपको पढ़ाते देखती हूं तो मेरा बचपन लौट आता है। मैं अपने को फिर उन्हीं बीते दिनों में महसूस करने लगती हूं। आप अनुमेहा को कितने अच्छे ढंग से पढ़ाते हैं! ठीक ऐसे ही हमारे मास्टरजी भी पढ़ाया करते थे हमें। वे भी इसी तरह से शरमाते थे। कभी आंखें उठाकर भी नहीं देखते थे। आपकी तरह उनका भी ध्यान पुस्तकों पर ही टिका रहता था। इसलिए मैं आपको हमेशा मास्टरजी कहती हूं। किन्हीं दो व्यक्तियों में इतनी समानता हो सकती है—सच नहीं लगता!" वह हवा में खो गयी थीं कहीं, "मैं बहुत शरारती थी न! उन्हें ख़ूब तंग किया करती थी। आज आपको देखकर पता नहीं क्या हो गया था⋯?" कहते-कहते उनका चेहरा गंभीर हो आया था।

सामने बिखरे बालों को झटके के साथ पीछे फेंकती हुई वह उठ खड़ी हुई, "चलिए, ऊपर चलते हैं⋯।"

मैं चुप।

"चलिए।"

इस बार आग्रह टाल न सका। उनके साथ-साथ मैं भी चलने लगा था—यन्त्रवत्।

वह सीधे उसी कमरे में गईं, जिसमें उस दिन बैठी थीं। ऊपर की मंज़िल के अन्तिम छोर पर होने के कारण एकान्त अधिक था।

आज वह सोफ़े में नहीं धंसीं, बल्कि कुर्सी पर ही बैठ गयी थीं। सामने की कुर्सी खींचकर मुझे बैठने के लिए इशारा किया।

हमारे बीच में लाल संगमरमर की एक छोटी-सी मेज़ थी। उसके ऊपर कोई पत्रिका बिखरी हुई थी।

"आपने मुझे माफ़ तो कर दिया न?" वह मुसकराईं।

उनकी मुसकराहट सहज ही नहीं, आत्मीय भी लगी।

मैं भी अपनी मुसकान छिपा न पाया, "आप तो मुझसे बड़ी हैं···।"

"तो क्या भूल बड़ों से नहीं होती?" वह हंस पड़ी थीं।

तुम्हारी तरह उनकी हंसी भी बड़ी मोहक होती थी—भीतर कहीं दूर तक गुदगुदाने वाली।

"आपकी इजाज़त हो तो···।" उन्होंने सन्नाटा तोड़ते हुए, बड़े संयत स्वर में कहा, "एक सिगरेट पी लूं?"

मेरे उत्तर से पहले ही टिन के गोल डिब्बे से एक क़ीमती सिगरेट निकालकर, तराशे हुए अपने गुलाबी होंठों पर लगा ली थी।

उनके होंठ सचमुच कितने सुन्दर थे! अब तक की ज़िन्दगी में इतने आकर्षक होंठ शायद ही मैंने पहले किसी महिला के देखे हों!

"जब हम लखनऊ विश्वविद्यालय में पढ़ते थे, तभी से इसकी कुछ ऐसी लत पड़ी कि अब छुटाए छूट नहीं पा रही है। बाहर तो नहीं···हां, घर पर कभी-कभी बोरियत मिटाने के लिए अवश्य पी लेती हूं। आप पियेंगे?"

"जी, आदत नहीं।" मैंने झिझकते हुए कहा था।

"वे तो मेरी हर बात मान लेते थे। डैडी के डिब्बे से कभी-कभी स्वयं ही निकालकर पी लिया करते थे···।" उन्होंने मेरी प्रतिक्रिया जानने के लिए देखा।

सिगरेट का डिब्बा हौले से मेरी ओर बढ़ाया, "आज पी लीजिए न! सच, पाप नहीं लगेगा। लगेगा भी तो प्रायश्चित्त कर लेंगे मन्दिर जाकर।"

खुला डिब्बा अब मेरे हाथ में था।

मैं कोई निर्णय लूं, इससे पहले ही उन्होंने माचिस जला दी और जलती तीली मेरी ओर बढ़ाई। विवश भाव से उनकी ओर देखकर, एक सिगरेट यों ही हाथ से पकड़कर जलाने लगा तो वह हंस पड़ीं, "आप अछूत नहीं हो जाएंगे, मास्टरजी! पीजिए! होंठों पर लगाइए तो सही। सच, आप कितने खूबसूरत लगते हैं—हम भी देखें!"

श्रीमती दत्ता आज यह क्या कह रही थीं!

मैं देखता रहा, तनिक परेशान-सा।

"आप तसल्ली से बैठिए न! मेरी ओर देखकर बतलाइए—मैं चश्मा लगाकर कैसी दीखूंगी?"

"बहुत अच्छी···"

इस पर वह हंस पड़ी थीं, "नहीं-नहीं, आप मज़ाक कर रहे हैं। बुढ़िया लगूंगी बाबा, एकदम आंटी। इसीलिए तो पहनती नहीं। डॉक्टर दत्ता तो कई बार कह चुके हैं।"

अभी बैठे कुछ ही क्षण बीते होंगे कि वही नन्हा-सा नौकर ट्रे में चाय सजाकर ले आया।

"आपके लिए दूध मंगाऊं?"

"नहीं-नहीं··· ।"

"संकोच न कीजिए। घर आपका है। आप आ जाते हैं तो हमें अच्छा लगता है। हमारे मास्टरजी तो हमारे ही मकान में रहते थे—फ़ेमिली-मेम्बर की तरह। आप कहें तो एक कमरा ख़ाली करवा दूं अभी?"

"जी, नहीं-नहीं। होस्टल में पढ़ाई अच्छी होती है··· ।" मैंने घबराकर कहा।

इस पर मिसेज़ दत्ता हंसने लगी थीं, "आप परेशान न होइये। आप पर दबाव नहीं डालेंगे। जैसी आपकी इच्छा··· ।"

वह चाय बनाने लगी थीं अब।

एक प्याला मेरी ओर बढ़ाया···

"सच, वे दिन कितने अच्छे थे! घर के सामने ही बाग़ था। कच्ची अमिया तोड़कर खाने में कितना मज़ा आता था! हमने तरह-तरह के तोते पाल रखे थे। चार-पांच तो बिल्लियां ही थीं—कोई नीली आंखों वाली, तो कोई पीली। एक बिल्ली की एक आंख गहरी नीली थी—कंचे जैसी, दूसरी गहरी लाल! भुवन उसे बहुत छेड़ता था। एक दिन उसने पंजा मार दिया था

बाएं हाथ में। डैडी फॉरेस्ट डिपार्टमेंट में थे न! एक दिन जंगल से चकोर पकड़कर लाये थे, जो पूरे तीन साल हमारे यहां रहा। बाद में बिल्ली ने पता नहीं किस तरह नोचकर मार डाला था···।" न जाने किस उमंग में वह कहती चली जा रही थीं।

चाय बहुत गरम थी। पहले ही सिप में जीभ जल गयी थी। इसलिए अब फूंक मारकर पी रहा था।

"मुझे भी तैरने का बहुत शौक था।" चाय पीती-पीती वह बोलीं, "घर के पास ही नदी थी। परन्तु डैडी वहां जाने के लिए मना करते थे। हमारा एक पड़ोसी लड़का रुद्रप्रसाद एक दिन नदी में बहते लकड़ी के लट्ठे पर बैठा तैर रहा था कि लट्ठा उलट पड़ा। बाद में उसकी लाश ही मिली थी···।"

कुछ रुककर उन्होंने कहा, "लट्ठे पर बैठकर तैरते समय मेरी टांग में एक बार बड़ा छिलका चुभ गया था, अब तक निशान है—दिखाऊं?"

"नहीं-नहीं, होगा! आप झूठ थोड़े ही बोलेंगी।" मेरे मुंह से सहसा निकल पड़ा।

श्रीमती दत्ता मेरी प्रतिक्रिया देखते ही फटकर हंस पड़ीं। देर तक हंसती रहीं निरन्तर।

हंस तो मैं भी रहा था उनके साथ अकारण—यों ही हंसने भर के लिए। पर मुझे स्वयं बड़ी अटपटी-सी लग रही थी—यह खिसियानी हंसी।

"अरे, आपने मीठा तो लिया ही नहीं!" कुछ क्षण बाद उन्हें जैसे होश आया।

मेरे मना करने पर वह तुनककर बोलीं, "दीवाली की मिठाई नहीं लेंगे? मास्टरजी, हमारे यहां यह अशुभ माना जाता है।"

मैंने बर्फी का एक टुकड़ा उठाया तो उन्होंने दूसरा टुकड़ा स्वयं उठाकर ज़बरदस्ती मेरे मुंह में ठूंस दिया था।

अपने बंगले का हर कमरा उन्होंने दिखलाया, जैसे टूरिस्ट गाइड किसी प्राचीन ऐतिहासिक इमारत के महत्त्व के बारे में बतलाता है। वैसा ही उत्साह था उनकी आकृति में—"यह हमारा बेडरूम है—रात को यहां हम सोते हैं। यहां मेहमान। अनु और मंजू का है यह कमरा। यह किचन···"

चलते-चलते अन्त में वह बाहर निकल गयीं—पिछवाड़े की तरफ़। मैं भी साथ-साथ चल रहा था चुपचाप—सुई के साथ लगे धागे की तरह।

दीवार के साथ, टिन के शेड के नीचे जालीदार कुछ पेटियां पड़ी थीं—कतार में।

''देखिये, मास्टरजी!'' उन्होंने चहकते हुए कहा, ''यह हमारा शम्भू है। आस्ट्रेलिया के अतिरिक्त दुनिया में यह और कहीं नहीं पाया जाता। डैडी ने पता नहीं कितनी मुश्किल से इसे दिल्ली के चिड़ियाघर से मंगाया था!'' उन्होंने पिंजड़े में अंगुली डाली तो सफ़ेद तोते ने अपनी लाल चोंच उस ओर बढ़ा दी। यों ही उसे हवा में पुचकारकर वह आगे मुड़ीं, ''ये हैं—शशि, दीपू, तातू, काकू! खरगोश के ये बच्चे हमारी बातें समझ लेते हैं।''

आगे बड़े-से जालीदार कमरे में लंगूर बैठा था। हम उधर बढ़ ही रहे थे कि वह उछलकर लकड़ी के पट्टे पर जा बैठा। पूंछ नीचे तक लटक रही थी।

''इसका नाम हमने भोलू रखा है। आप बुरा तो नहीं मानेंगे...!'' उसी उत्साह में वह कहती चली जा रही थीं, ''इसे हम भोलू मास्टरजी कहते हैं। पहले यह बहुत शरमाता था, पर अब सबकी नक़लें उतारा करता है। इसकी मां लन्दन के चिड़ियाघर में है।''

श्रीमती दत्ता कुछ और आगे बढ़ीं।

एक छोटी-सी जाली का दरवाज़ा उन्होंने बड़े जतन से खोला। भीतर एक गोल पिटारी थी। उसका ऊपरी ढक्कन उन्होंने सावधानी से हटाया। काले कम्बल का-जैसा टुकड़ा ऊपर खींचा ही था कि मैं तनिक पीछे हट गया।

''मास्टरजी, यह हैं हमारे हरिहर प्रसाद।''

रबर का-जैसा एक हरा सांप उनके छूते ही टोकरी के भीतर अपने दायरे में सरकने लगा। फन छिपा रखा था। हां, पूंछ अन्त में बहुत पतली थी—तागे के बराबर।

''इसे हम दूध पिलाते हैं। कभी-कभी कच्चे मांस के छोटे-छोटे टुकड़े दे देते हैं। काठगोदाम के पास के जंगल से हमने इसके खाने के लिए दीमक लगी मिट्टी भी मंगाकर रखी है। गर्मियों में इन हज़रत को स्नान भी कराना पड़ता है, नहीं तो यह रूठ जाते हैं...।''

उन्होंने गर्दन के पास से पकड़कर उसे उठाया तो वह दूर नीचे तक सरक आया था। पूंछ का अन्तिम सिरा अभी तक टोकरी के ही भीतर था।

एकदम घास के रंग जैसा था यह सांप।

चमकीली आंखें। बाल-जैसी पतली बाहर की ओर लपलपाती जीभें। बीच-बीच में गहरे हरे रंग के छींटे।

सच, मेहा, मैं घबरा उठा था। मुझे लगने लगा था कि यह महिला कहीं जादूगरनी तो नहीं!

सांझ ढल चुकी थी। चारों तरफ़ से अंधियारा घिरने लगा था। श्रीमती दत्ता ने जल्दी-जल्दी टोकरी बंद की। बाहर से जाली का कुंडा लगाया और हाथ धोने बाथरूम में चली गयीं।

इतनी विचित्र भी कोई महिला हो सकती है, मुझे सच नहीं लग रहा था।

लगभग आधा घंटे बाद वह लौटीं तो इस बार बिलकुल दूसरा ही रूप था उनका—एक दूसरी ही महिला दीख रही थीं। एकदम ताज़ी लग रही थीं—शायद अभी-अभी नहाकर आयी थीं। कपड़े भी बदले हुए थे। तराशे हुए संगमरमर-सी सुगढ़ देह पर काली साड़ी! गीले बालों में बेले का-जैसा सफ़ेद सुंदर हार!

कमरे में उनके प्रवेश करते ही सुगन्धित हवा का तेज़ झोंका-सा आया।

''मास्टरजी, आप भी तैयार होइये न! आपके साथ आज पाषाण देवी चलेंगे। आप तो भगत हैं! हमें भी अपनी भगतन बना डालिये न!'' हंसते हुए उन्होंने कहा था।

उनके स्फटिक दांत इस समय बहुत चमक रहे थे। बोलते समय लग रहा था, जैसे फूल झर रहे हों!

''अरे, उठिए न!''

''चलिए!''

''च्च! चलिए कहां! पहले हाथ-मुंह धो लीजिये। आपके बाल कवियों जैसे हैं, कुछ लंबे। इन्हें जतन से संवारकर रखेंगे तो ठीक माइकेल मधुसूदन दत्त जैसे लगेंगे।''

मैं खड़ा हो चुका था अब तक।

''बाथरूम में तौलिया, साबुन सब आपका इन्तज़ार कर रहे हैं!'' उन्होंने स्नेह से तनिक झिड़कते हुए कहा।

मैं इस सबके लिए तैयार नहीं था। फिर भी सहमा-सहमा-सा बाथरूम

में घुसा।

अपनी स्थिति पर मुझे हंसी भी आ रही थी, आक्रोश भी—तरस भी।

इस क़ीमती साबुन का इस्तेमाल कैसे करूं? यह दुग्ध-धवल तौलिया मेरे हाथ पोंछने से क्या गंदा नहीं हो जायेगा?

खैर, जैसे-तैसे हाथ-मुंह धोकर बाहर निकला।

"तैयार हो गये?"

"जीई—।"

"आप तो बिलकुल हीरो लग रहे हैं, मास्टरजी!" श्रीमती दत्ता बड़ी अजीब दृष्टि से मेरी ओर देख रही थीं, "लेकिन बाल काढ़ने का तरीका हमें जंचा नहीं। आपका चेहरा कुछ लंबा है न? इसलिए सीधी पट्टी ठीक नहीं लगेगी···।" लम्बी बड़ी कंघी लेकर वह मेरे बाल संवारने लगीं।

बाल अभी काढ़ ही रही थीं कि सहसा कुछ याद हो आया। दौड़कर वह ड्रेसिंगरूम में घुसीं। अंगुली में क्रीम-जैसी कोई चीज़ लगाकर लौटीं। उसे मेरे सारे चेहरे पर लगाकर हौले-हौले मलने लगीं, "अगर आप केयर नहीं करेंगे तो आपकी त्वचा रूखी हो जायेगी। अच्छी ज़िन्दगी जीने के लिए आपको अभी बहुत कुछ सीखना है, मास्टरजी!" वह जैसे स्वयं को सुनाकर कह रही थीं।

उनकी कोमल, मखमली हथेलियों के स्पर्श से मेरी सारी देह में एक अजीब किस्म की सिहरन-सी हो रही थी। बड़ी मुश्किल से मैं अपने चेहरे पर झलकते भावों को दबाने का असफल प्रयास कर रहा था।

"जी, अब मैं ख़ुद लगा लूंगा।"

उन्होंने शायद सुना नहीं था। वह उसी निश्चिन्त भाव से गालों पर, होंठों पर, आंखों पर, माथे पर अपनी जादुई अंगुलियां फिराती रहीं।

"देखिये अब शीशे में···!" आदमकद शीशे के आगे उन्होंने मुझे ले जाकर खड़ा कर दिया। नया सूट पहनाकर जिस तरह दर्ज़ी ट्रायल लेता हुआ हर कोण से देखता-परखता है—इसी तरह वह भी देखने लगीं।

मेरे चेहरे पर सचमुच चमक आ गयी थी। इस ढंग से काढ़े गये बाल, निश्चित सुन्दर लग रहे थे।

बाहर निकले तो माल रोड पर मरकरी बल्ब टिमटिमा रहे थे।

श्रीमती दत्ता के साथ भीड़-भरी सड़क पर चलना मुझे बड़ा अटपटा-सा लग रहा था। एक तरह की अव्यक्त असुविधा-सी अनुभव कर रहा था। कहीं किन्हीं प्राध्यापक ने देख लिया तो मेरे बारे में क्या सोचेंगे? कॉलेज का ही कोई परिचित टकरा पड़ा तो सच, कितनी बदनामी होगी? यही सोचकर अतिरिक्त संकोच का भाव मेरी आकृति में उभर आया था, जिसे दबाने की मैं असफल चेष्टा कर रहा था।

श्रीमती दत्ता का यह पागलपन मुझे कहीं का भी न रख छोड़ेगा। मेरे अन्दर एक दहशत-सी भर आयी थी। कितनी बार मैं कह चुका था कि मुझे होस्टल जाना है। कुछ साथियों को मैंने वहां बुला रखा है, पर आज वह कुछ भी सुनने को तैयार न थीं। भगवान् की आराधना से मेरा विमुख होना उन्हें रंचमात्र भी नहीं सुहा रहा था।

'कैपिटल' के पास फ्लैट के किनारे-किनारे हम आगे बढ़ रहे थे। श्रीमती दत्ता कुछ गम्भीर थीं—चुप। बजरी पर चलने से कर्र्-कर्र् आवाज़ आ रही थी।

"आप भगवान् में विश्वास करते हैं?"

"जी, कुछ-कुछ।"

"ध्यान से सिद्धियां हासिल की जा सकती हैं?"

"जी, सुना तो है।"

"आप करते हैं?"

यों ही हंस पड़ा था मैं, "मैं तो नहीं··· हां, पिताजी अवश्य करते हैं। कहते हैं, ध्यान से देवत्व जागता है।"

"तो आप क्यों नहीं जगाते अपना देवत्व?" उन्होंने मुसकराते हुए कहा था।

"यह सब भगवद्-कृपा पर निर्भर होता है, जी!" मैंने दार्शनिक मुद्रा बनाते हुए कहा तो श्रीमती दत्ता छोटी बच्ची की तरह किलकती हंस पड़ीं, "देवताजी, आप पर कभी कुछ कृपा हो तो हमें भूलियेगा नहीं। दयानिधान, आपकी चरणरज हम माथे पर लगायेंगे। आपके चरणामृत का पान करेंगे···।"

नैनादेवी के मन्दिर के बाद हम अब झील के किनारे-किनारे कच्ची सड़क पर चल रहे थे। कुछ नावें तल्लीताल की ओर से आ रही थीं। दूर होने के कारण कितनी छोटी लग रही थीं। क्लब के पास भीड़ थी। पालदार नौकाएं यों ही कतार में खड़ी थीं। मन्दिर में लगातार घंटियां टनटना रही

थीं। कुछ सैलानी घुड़सवारी का आनन्द ले रहे थे—ऊपर से नीचे तक गरम कपड़ों से लदे। पता नहीं, इन्हें इतनी सर्दी क्यों लगती है?

अब एकान्त था, गहरा एकान्त। बाएं किनारे की अपेक्षा यह तट अधिक ठंडा था। शायद इसीलिए इसका नाम 'ठंडी सड़क' रखा गया हो! रास्ता कच्चा था। बजरी पर जूतों की रगड़ से निरन्तर आवाज़ आ रही थी—कानों में चुभती हुई-सी।

इस नीरवता से मुझे अज्ञात भय-सा लग रहा था। श्रीमती दत्ता मेरे बहुत पास-पास चल रही थीं इस अंधेरे में उनके साथ यों अकेले जाने के लोग कितने ही अर्थ लगा लेंगे! डॉक्टर दत्ता का मुझ पर पुत्रवत स्नेह था। मैं भी उन्हें कितनी श्रद्धा की दृष्टि से देखता था, वह सुनेंगे तो उन पर क्या प्रतिक्रिया होगी? सुहास इसे विश्वासघात की संज्ञा देगा। प्रो० उप्रेती इस ठंडी सड़क पर रात को देर तक घूमते रहते हैं। अकसर वह टकरा पड़ते हैं। कहीं उन्होंने देख लिया तो?

अनुमेहा, उस समय क्षण-भर के लिए तुम्हारा भी खयाल आया था। सचमुच मेरी आत्मा कांप उठी थी। अब तक के जीवन में मैंने ऐसा कुछ भी नहीं किया, जिस पर लोग आक्षेप कर सकें। लोग हंसेंगे, ताने मारेंगे, मुझ पर पत्थर फेंकेंगे। क्या मैं सब सह सकूंगा?

अपने कानों पर मैंने हथेली रख ली थी—हे परमेश्वर!

पाषाण देवी की प्रस्तर शिला पर, उस अंधकार में मैंने माथा टिकाया तो सचमुच मेरी आंखों में आंसू छलक आये थे।

इतना विवश मैं क्यों हो गया उस क्षण?

4

"चलिएगा नहीं?" उन्होंने जैसे सन्नाटा भंग किया।

मैं वैसा ही खड़ा रहा। बड़े अनमने भाव से मैंने कहा, "चलिए।"

हम दोनों चुप थे—प्रतिमाओं की तरह खड़े! अदमताल तक आकर उसी सड़क से अब लौट रहे थे, जिससे अभी-अभी कुछ क्षण पूर्व हम आये थे।

वृद्ध पुजारी ने अक्षत-रोली के साथ-साथ कुछ पीले फूल भी दिए थे— गेंदा के। अभी तक वे उनकी दाहिनी मुट्ठी में भिंचे थे।

उनके साथ चलना मुझे अब कहीं और भी अधिक भार-सा लग रहा था। अनिच्छा से जैसे कोई रस्सी के सहारे खींचे ले जा रहा हो।

'ठंडी सड़क' कितनी सूनी हो आयी थी, कहीं एक भी प्राणी नहीं! तालाब के किनारे उग आये 'वीपिंग-विलो' के सघन वृक्ष काले जल में सिर से पांवों तक डूब गये थे। नीली और हरी मरकरी रोशनी कितनी ठंडी लग रही थी—बुझी-बुझी-सी बर्फ़ीली! झील की ओर से चलने वाली हवा डंसती चली जा रही थी। ठंडे हाथों को गरम करने के लिए मैं बार-बार परस्पर मल रहा था, जैसे पानी से गंदे हाथ धोते समय आपस में रगड़ते हैं। परन्तु फिर भी अंगुलियों में ताप न आ पा रहा था। बेमौसम बारिश की वजह से कितनी सर्दी बढ़ आयी थी! गरम सांस भाप जैसी लग रही थी।

"ऐसे दूर-दूर क्यों चल रहे हैं आप?"

"जीई—!" मैंने यों ही देखा।

"ऐसे चलना अच्छा लगता है? कोई देखेगा तो व्यर्थ में सन्देह होगा।"

"यदि हम पास-पास चलें सटकर, तो सन्देह नहीं होगा?" मैंने तनिक गम्भीरता से कहा। मेरे शब्दों में रूखेपन के साथ-साथ झुंझलाहट थी। एक तरह की खीझ भी रही हो तो आश्चर्य नहीं।

"नहीं, तब शायद नहीं होगा। लोग यहां प्रायः आते ही इसलिए हैं कि···।" कहती-कहती वह चुप हो गयी थीं।

प्रो० उप्रेती देखेंगे, तब भी शायद कुछ नहीं लगेगा! डॉक्टर दत्ता के किन्हीं परिचित ने देख लिया, तब भी नहीं! हुं! मैं कहना चाहता था, किन्तु कह नहीं पाया। झील के किनारे की तरफ़ पतली रस्सी की तरह बटे लोहे के तार लगे थे। उन्हीं ठंडे तारों को छूता-छूता मैं अनमने भाव से चल रहा था। मेरे अन्दर एक अजीब-सा झंझावात उठ रहा था। श्रीमती दत्ता के कहने का क्या आशय है, सब मेरी समझ से परे लग रहा था। मैं उद्विग्न था, परेशान-सा।

वह सहसा मेरी ओर मुड़ीं, "मेरे बारे में आपकी क्या धारणा है, विराग? मैं कैसी लगती हूं?" उन्होंने शिशु-सुलभ जिज्ञासा से मेरी ओर देखा था। मुझे याद आया, मास्टरजी के बदले उन्होंने आज पहली बार 'विराग' कहा था।

सुलग तो मैं पहले से ही रहा था, किन्तु यह प्रश्न सुनते ही मेरे सारे शरीर में बिजली की लहर-सी दौड़ गयी—आग की धधकती लकीर-सी।

मैं लपककर झट से सामने चला आया, जैसे रास्ता रोकने के लिए आगे बढ़ा हूं। मुझे लग रहा था, मेरा अन्तर्मन बहुत देर से शायद इसी प्रश्न की खोज में भटक रहा था जो सहसा अब मिल पड़ा है!

उस क्षण आवेश में मेरा शरीर भीतर-ही-भीतर भीगी रस्सी की तरह ऐंठ रहा था। मेरे दोनों हाथ सहसा कमर पर आ टिके थे। झटके के साथ मैंने गर्दन हिलाई, ''आप सुन सकेंगी?'' मैंने सिर हिलाकर पूछा।

''कहिए भी···।'' वह शायद असमंजस में थीं—मेरा यह अप्रत्याशित रूप देखकर कुछ परेशान भी। फिर भी हंसने की चेष्टा कर रही थीं।

''आपके बारे में कोई धारणा नहीं बनायी जा सकती। आप एकदम··· एकदम···''

उनका मुंह खुल आया।

किन्तु दूसरी ओर मैं बम के गोले की तरह सहसा फट पड़ा था, ''आप एकदम दुश्चरित्र हैं। नीच हैं। अध्यात्म, मंदिर सब ढोंग हैं आपके लिए। आप नरक के कीड़ों से भी बदतर हैं। मैं थूकता हूं। थू!'' मेरा सारा शरीर कांप रहा था। हमेशा शिथिल रहने वाली मुट्ठियां इस्पात की तरह भिंच आयी थीं। आंखों से चिनगारियां बरस रही थीं।

श्रीमती दत्ता का चेहरा उस पल कैसा-कैसा हो आया था, मुझे याद नहीं। उन्होंने प्रत्युत्तर में क्या कहा, यह भी मैंने सुना नहीं। आवेश में इतना उगलकर मैं बिजली की तरह मुड़ा और बेतहाशा दौड़ पड़ा फांसीगधेरे की तरफ़।

मैं पागलों की तरह बदहवास-सा भाग रहा था। लेक-ब्रिज, तल्लीताल, नया बाज़ार कब पार हुए, मुझे याद नहीं। कब मैंने कमरे का ताला खोला, कमरे में घुसा और कटे पेड़ के तने की तरह कब बिस्तर पर गिर पड़ा, मुझे होश नहीं।

क्षण-भर में मुझसे यह क्या हो पड़ा, मेरी समझ में नहीं आ पा रहा था।

मैं सोच रहा था, मल्लीताल रिक्शा-स्टैंड के चौराहे तक उन्हें छोड़कर माल रोड से वापस लौट आऊंगा। श्रीमती दत्ता के व्यवहार से मैं क्षुब्ध अवश्य था, किन्तु इस हद तक बात पहुंच जायेगी, इसका भान नहीं था।

पता नहीं मेरे व्यक्तित्व का यह कौन-सा अव्यक्त रूप था, जीवन में जो

आज सहसा उभर पड़ा था, इस तरह से। किसी महिला के साथ ऐसे व्यवहार की मैं कल्पना भी नहीं कर सकता था।

फिर यह क्या हो पड़ा आज?

मेहा, मैं हांफ रहा था। मेरा सारा शरीर जल रहा था। मुझे लग रहा था—टीन की यह कत्थई छत, सफ़ेद दीवारें, सामने टंगा रंगीन कैलेण्डर—उसमें लहरें लेता नीला सागर, सीमेंट का ठंडा फ़र्श, मेज़-कुर्सियां, सब मेरे चारों ओर घूम रहे हैं—तेज़ी से घूमते चले जा रहे हैं। तभी एकाएक हथेलियों से आंखें ढंक लीं मैंने और चीख पड़ा ज़ोर से।

मुझे जब होश आया, तब शायद सवेरा हो चुका था। चौकीदार मेरे सिरहाने बैठा तपते माथे को सहला रहा था। छात्रावास के एक-दो छात्र भी उपस्थित थे।

"अब कैसी है तबीयत?" शायद 'जीवाणु' ने पूछा था। क़द-काठी में बहुत छोटा—बौना होने के कारण जीवानन्द रेणु को सब लोग इसी नाम से हंसी में सम्बोधित किया करते थे।

"ठीक है।"

"क्या हो गया था?"

"सर्दी जैसी लग गयी थी…।" मेरे उत्तर देने से पहले चौकीदार चट बोल पड़ा था।

"कल रात अंधेरे में दौड़ क्यों रहे थे बेतहाशा?" जीवाणु पूछता-पूछता पता नहीं क्यों एकाएक चुप हो गया था।

5

सुबह से शाम तक सारा दिन बिस्तर पर पड़ा रहा। अपने को बहुत टूटा-टूटा अनुभव कर रहा था मैं। ट्यूशन पढ़ाने के लिए जाने का अब प्रश्न नहीं रह गया था, इसलिए पढ़ाई का सिलसिला जारी रखना भी असंभव-सा लग रहा था, एक तरह से। परन्तु इससे भी बड़ी एक और चिंता सता रही थी कि अब तुम्हें नहीं मिल सकूंगा।

यह कल्पना अन्त में असह्य हो उठी तो मैं कराह उठा। आज पहली बार

मुझे तुम्हारे प्रति इतने गहरे लगाव का अहसास हुआ।

सामने खुली खिड़की की तरफ़ मेरे पांव थे। इसलिए बाहर का दृश्य साफ़ दिखलायी दे रहा था। बांज का अधझुका वृक्ष, उस पर चांदमारी वाले पहाड़ की आकाश से लगी कटी-फटी सीमा-रेखा और उसके बाद धुंधले-धुंधले नीले पहाड़ों की एक-दूसरे से जुड़ी अनगिनत परतें—जो धीरे-धीरे शून्य में विलीन हो गयी थीं।

शायद सांझ घिर रही थी अब। चारों ओर का धुंधलापन गहरा रहा था। शनैः-शनैः सघन अंधकार छा गया, जैसे किसी ने आसमान पर काला कम्बल तान दिया हो! टिन का दरवाज़ा आधा भिड़ा था। खुली खिड़की से चुभती हुई हवा के झोंके आ रहे थे। कमरे में घुप्प अंधेरा था। किन्तु मुझमें न स्विच तक जाने की शक्ति थी और न इतनी ही सामर्थ्य कि खिड़की के पल्लू को ढंक सकूं, ताकि ठंडी हवा से निजात मिल सके।

अंधकार में विवश भाव से आंखें फाड़े मैं कुछ खोज रहा था, जैसे गंदले पानी में कुछ टटोलने का असफल प्रयत्न कर रहा होऊं।

तभी सीमेण्ट की सीढ़ियों पर जूतों की आहट हुई। दरवाज़े के पास के चौकीदार का-जैसा स्वर!

मैंने सहसा करवट बदली। देखा—

अंधियारे में श्रीमती दत्ता खड़ी हैं। जलती लालटेन लिए चौकीदार।

"अंधेरे में क्यों लेटे हैं?" उन्होंने जैसे स्वयं से पूछा हो।

इतने में चौकीदार तेज़ी से भीतर की ओर लपका और उसने झट से स्विच ऑन कर दिया।

कमरे में मुट्ठी-भर प्रकाश चारों ओर बिखर गया सहसा।

सिरहाने के पास कुर्सी खींचकर श्रीमती दत्ता चुपचाप बैठ गयीं।

उन्होंने गेरुए रंग की साड़ी पहनी थी। गले में रुद्राक्ष की-जैसी कोई माला।

कुछ क्षण खड़ा रहकर चौकीदार किसी ज़रूरी काम से बाहर चला गया था। अब श्रीमती दत्ता अकेली रह गयी थीं, "क्या हो गया था?" उनके शब्दों में कोरी सहानुभूति ही नहीं, स्नेह की भी ऊष्मा थी।

मेरे माथे पर उन्होंने हाथ लगाया, "इस समय तो टेम्प्रेचर लगता नहीं!"

"..."

"लगता है, यहां देख-रेख की सुविधा नहीं। कहें तो हॉस्पिटल में बेड

दिला दें?''

हॉस्पिटल का नाम सुनते ही मैं घबरा उठा।

''जी, नहीं, नहीं! मुझे कुछ भी तो नहीं हुआ। वैसे ही कुछ सर्दी-वर्दी लग गयी थी। एकाध दिन में खुद ही ठीक हो जायेगी।'' मैंने उचककर कहा। मैं नहीं चाहता था कि यहां से उठकर कहीं जाऊं!

देर तक श्रीमती दत्ता चुप रहीं।

अपनी कलाई पर बंधी घड़ी की ओर एक बार उन्होंने यों ही देखा। फिर कुछ सोचती हुई बोलीं, ''आपसे एक ही बात कहने आयी हूं कि ट्यूशन पढ़ाना छोड़ें नहीं···मेरी किसी बात से बुरा लगा हो तो क्षमा कर दें··· ।''

उनका गला पिघल आया था। स्वर भारी था।

''यह क्या कह रही हैं? आप तो मुझसे बड़ी हैं··· ।''

''तभी तो आयी हूं···''

अपने सीने पर मैंने अपने दोनों हाथों की अंगुलियां कैंची की तरह परस्पर उलझा रखी थीं। श्रीमती दत्ता ने अपनी गरम-गरम हथेलियों में उन्हें समेटा। खोये-खोये स्वर में वह बुदबुदाईं, ''पापी ही पुण्यात्मा बन सकता है। आप नहीं समझ सकते··· ।'' उनकी स्थिर निगाहें सामने लटके रंगीन चित्र पर लटक आयी थीं। देर तक उसी तरह स्थिर अटकी रहीं।

फिर चुपके से वह उठीं और चली गयीं। परन्तु मैं अब तक शून्य में झूल रहा था। उनकी यह बात मुझे उस समय अप्रासंगिक लगी थी। किन्तु जब अर्थ कुछ-कुछ समझ में आया, तब तक शायद बहुत देर हो चुकी थी।

रात को ही कम्पाउण्डर नेगी आया था। टेम्प्रेचर लेकर कुछ दवाएं दे गया था। सुबह वह फिर आया तो तब तक मैं अपने में बहुत परिवर्तन अनुभव कर रहा था। कल के बराबर कमज़ोरी भी अब नहीं थी। श्रीमती दत्ता ने खिचड़ी भिजवाई थी, कुछ ताज़े फल भी।

कॉलेज खुल गये थे अब। छात्रावास में फिर चहल-पहल शुरू हो गयी थी।

आज शाम मुझे तुम्हें पढ़ाने के लिए जाना था, किन्तु उस ओर पांव बढ़ ही नहीं पा रहे थे। दिन-भर दुविधा की स्थिति रही। जहां तुम्हें देखने की

ललक थी, वहां श्रीमती दत्ता से सामना होने में एक प्रकार की असुविधा भी।

संध्या के समय मेरे पांव अपने आप 'ब्लू कॉटेज' की ओर मुड़ने लगे। कुछ समय पश्चात् मैंने अपने को तुम्हारे कमरे में खड़ा पाया।

दरवाज़े के पास बंधा झबरैला कुत्ता भी आज नहीं भूंका था शायद। डॉक्टर दत्ता भी नहीं टकराये थे, न श्रीमती दत्ता ही।

तुम उसी तरह बेंत की कुर्सी पर बैठी थीं—प्रतीक्षारत। आज शायद मुझे कुछ अधिक देर हो गयी थी!

मुझे लग रहा था, जैसे वर्षों बाद आज तुम्हें देख रहा हूं। जाड़ों के ये छोटे-छोटे चार-छह दिन चार साल से भी लम्बे हो गये थे न! तुम्हारे चेहरे की उदासी कुछ और बढ़ गयी थी शायद। तुम्हारे रेशमी बाल उसी तरह लहरा रहे थे, वैसी ही निरीह, निश्छल आंखें, वैसा ही पूर्णिमा के चांद-सा दूधिया चेहरा! सब कुछ वैसा ही होने के बावजूद मुझे सब कुछ बदला-बदला-सा क्यों लग रहा था!

तुमने गहरे नीले रंग का शॉल ओढ़ रखा था न! उसके बीच में से झांकती तुम्हारी सफ़ेद अंगुलियां कॉपी पर टिकी थीं।

जब मैं पढ़ा रहा था, तुम्हारा ध्यान पढ़ने की ओर नहीं दिख रहा था। टकटकी बांधे तुम मेरी तरफ़ देख रही थी—निरन्तर देखती चली जा रही थी। उन आंखों में कितना अपनापन था, कितना परायापन! कितने उलाहने, कितने अनकहे प्रश्न और कितने समाधान!

मैंने देखकर भी सब कुछ अनदेखा कर दिया था। उसी एकाग्र भाव से मैं पढ़ाता रहा—पढ़ाता चला गया निरन्तर। इस बीच जो कुछ घटित हो चुका था, उसने मुझे कहीं बहुत गम्भीर बना दिया था। मैंने निश्चय कर लिया था कि अब केवल काम से काम रखूंगा। भगवान् से यही प्रार्थना रास्ते-भर करता आ रहा था कि श्रीमती दत्ता न टकरा पड़ें कहीं!

"कुछ कमज़ोर-से लग रहे हैं—बीमार पड़े थे क्या?" तुमने इतने धीमे स्वर में कहा कि साफ़-साफ़ कुछ सुनाई नहीं पड़ा। तुम्हारे हिलते होंठों से मैंने अनुमान लगाया था कि शायद ऐसा ही कुछ तुम्हारे कहने का आशय होगा।

किन्तु फिर भी मैं उसी गति से पढ़ाता रहा। मैंने जैसे सुना ही न हो कुछ!

अब मैंने अंग्रेज़ी के बाद मैथ्स की पुस्तक उठा ली थी। शायद लॉगरिथ्म का कोई सवाल था। मैं जब समझा रहा था, तुम्हारी निगाहें पुस्तक के अंकों की अपेक्षा मेरी आकृति पर उभरती-मिटती रेखाओं का गणित समझने का विफल प्रयास कर रही थीं।

धीरे-धीरे तुम्हारे चेहरे का रंग उड़ने-सा लगा। अब एकदम बुझा-बुझा-सा लग रहा था सब—करुण! उदास!

पता नहीं क्या हुआ तुम्हें—तुमने सहसा ज़ोर से पलकें मीचकर, कॉपी पर माथा टिका दिया था।

मैं उसी तरह पढ़ाता चला जा रहा था—अब भी।

कुछ देर बाद तुमने माथा ऊपर उठाया तो पता नहीं किन निगाहों से मेरी ओर देखा कि मेरा दिल कांप-कांप आया। तुम्हारी पलकों के कोर भीगे थे। आंखों पर लाल-लाल झाइयां।

परन्तु फिर भी मेरा पढ़ाना रुका नहीं, उसी गति से चलता रहा।

कॉपी के कोने पर तुम पेंसिल से बार-बार कुछ रेखाएं खींचकर अकारण काटती चली जा रही थी। ज़ोर-ज़ोर से नुकीली पेंसिल घिसने से कागज़ काला हो गया था। बीच-बीच में गहरी रेखाओं की जगह काग़ज़ बुरी तरह फट भी आया था शायद।

जाने के लिए जब मैं उठने लगा तो तुमने एक बार घूरकर फिर देखा था मेरी ओर।

फिर झटके से कॉपी का किनारा यों ही लापरवाही से फाड़ा और चुपके से उसे मेरी ओर सरका दिया था।

अपनी किताब के साथ-साथ उसे भी उठाकर मैं जल्दी से बाहर निकल आया था।

होस्टल में आकर देखा। टेढ़े-मेढ़े कांपते अक्षरों में तुमने लिखा था—मैंने एक पल के लिए भी कभी आपको याद नहीं किया। ठीक ग्यारह बजे भी नहीं। मम्मी कहती हैं, यहीं बरेली में रहकर पढ़ो। अब वहीं चली जाऊंगी…।

धार की तरह कुछ चीरता चला गया था।

पता नहीं कितनी बार मैंने तुम्हारे इन टेढ़े-मेढ़े, कटे-फटे अक्षरों को पढ़ा था। तुम्हारे अन्तर्द्वन्द्व, तुम्हारी मानसिक व्यथा का अहसास कम नहीं था मुझे, पर तब भी मैं पत्थर की तरह चुप रहा। मेरा मन सब जगह से उखड़-

उखड़-सा गया था। पता नहीं वह कौन-सी विवशता थी कि मैं अब तक तुम्हें पढ़ाने आ रहा था!

दो-तीन दिन तक ऐसा ही कुछ क्रम चला।

एक दिन श्रीमती दत्ता शायद क्लब गयी थीं। डॉक्टर दत्ता किसी मरीज़ को देखने—अयारपाटा। मैंने बातों-ही-बातों में श्रीमती दत्ता से सम्बन्धित पहले दिन की कुछ बातें बतलाईं तो तुम सहसा हंस पड़ी थी—हंसती रही थी देर तक।

6

घर की गिरती स्थिति, दिन-प्रतिदिन तुम्हारे प्रति बढ़ते हुए लगाव और श्रीमती दत्ता के उन्माद ने कुल मिलाकर अजीब-सा वीतरागी बना दिया था मुझे। मेरे कारण वसन्त आगे नहीं पढ़ पा रहा था। अर्थाभाव के कारण अम्मा का इलाज भली भांति नहीं चल पा रहा था। मेरे अन्तर में एक प्रकार का अपराध-बोध पनप रहा था। इन अन्तहीन संघर्षों के बीच जी पाना कठिन लग रहा था। क्या कुछ लोग यातना सहने के लिए ही पैदा होते हैं और यातना सहते-सहते ही अन्त में एक दिन···नहीं, नहीं। मैं कराह उठता।

मुझे लग रहा था, कहीं मैं भीतर सिमटता चला जा रहा हूं—घोंघे की तरह।

सुबह कॉलेज चला जाता। वहां से आते ही अपने कमरे में बन्द हो जाता। न किसी से बोलना-चालना, न किसी से गपशप। कोर्स की किताबों में डूबा रहता, वहां से थक जाता तो धार्मिक ग्रंथों में भटकने लगता।

"गुरु, अध्यात्म ज़ोर मार रहा है क्या?" रात को पढ़ते समय एक दिन सुहास ने कहा।

"नहीं तो···।" यों ही हंस दिया था मैं।

"आप भी परम पंडित हैं!" उसने तनिक सोचते हुए कहा, "यार, दुनिया तुम पर जान छिड़क रही है और तुम हो कि···!" वह स्वयं ही हंसने लगा था, "सुना तुमने, कल्पना आज क्लास में क्या कह रही थी···?"

मैंने उसकी ओर देखा—

"तुम्हारी दाढ़ी पर मोहित है, विराग शर्मा! तुम्हारी तरह वह भी खादी धारण करने लगी है। मीरा बनी फिर रही है, बावरी-सी। और तुम साले ऐसे गिरधर गोपाल हो कि…"

उसने अजीब-सा ऐसा लम्बूतरा मुंह बनाया कि मैं अपनी हंसी रोक न पाया।

"आज सारा दिन तुम्हें बनाने के लिए कोई नहीं मिला?" मैंने कहा तो सुहास और भी ज़ोर से हंसने लगा, "ज़रूर तुम कोई जादू-टोना जानते हो यार, ब्राह्मण-सुत! कल शाम मिसेज़ दत्ता मिली थीं, गेरुआ वस्त्र धारण किए। गले में रुद्राक्ष की-जैसी कोई माला थी। अपने कमरे में अकेली बैठी जाप कर रही थीं—विराग शर्मा! विराग शर्मा!!"

मैंने एक धौल उसे जमा दी तो उसकी हंसी का स्वर और अधिक मुखर हो उठा, " 'जीवाणु' कह रहा था कि तुम पाषाण देवी तक तो मैया को घुमा लाए हो…हां, दूर से जीवाणु को आता देखकर सिर पर पांव रखकर भागे क्यों थे… साले, दत्ता किसी दिन ज़हर खा लेगा। एक घर बरबाद हो जाएगा…!"

"च्च! च्च!" मैंने जीभ काट ली, "भगवान् के लिए ऐसा न कहो, नहीं तो पाप चढ़ जाएगा मुझ पर। वे मुझसे उम्र में बड़ी हैं। उनकी मैं बड़ी इज़्ज़त करता हूं!"

"तो हम कहां कह रहे हैं कि तुम उनकी बड़ी बेइज़्ज़ती करते हो या उम्र में वे तुमसे छोटी हैं। दुनिया में ऐसे कितने महापुरुष पैदा हुए हैं जिनकी पत्नियां उनसे उम्र में बड़ी थीं, और फिर प्रेमिकाएं तो…!" उसने शरारत से आंखें मटकाकर कहा और पांवों में बाथरूम-स्लीपर डालकर बाहर निकल गया।

दरवाज़ा खुलते ही ठंडी हवा का झोंका आया। रात की रानी महक रही थी बाहर।

जो मैं नहीं चाहता था, जिसकी मुझे दहशत थी—वही हो गया न आज! कल तक 'जीवाणु' यह बात सारे कॉलेज में फैला देगा—श्रीमती दत्ता को मैं आधी रात के समय ठंडी सड़क पर घुमा रहा था और सामने से उसे आता देखकर भाग खड़ा हुआ…

टीन के दरवाज़े पर तभी फिर आहट हुई।

सुहास की अंगुलियों पर सुलगती सिगरेट अटक रही थी। उसने ज़ोर से

कश खींचा कि एक चिनगारी-सी अंधेरे में सुलगी। वह चुपचाप मेरी बग़ल में बैठ गया, "गुरु, बुरा मान गए?"

"नहीं-नहीं।" सामने खुली पुस्तक मैं पढ़ता रहा।

उसने स्लीपर उतारकर पांव दूर तक फैलाए। तनिक गम्भीर मुद्रा बनाकर बोला, "यही तो उमर है खेलने-खाने की! और इसी में तुम पर वैराग्य सवार हो रहा है। यार, मैं उनके साथ कौसानी गया था न! पर··· वहां पहुंचने से पहले ही कुछ ऐसा हो पड़ा कि जल्दी उसी दिन मुक्तेश्वर लौट आया। पर, देखो न अपना लक! भवाली में 'समोसा' मिल गयी थी, वही श्यामा साह—दाड़िम-कली! लंगड़ू के रेस्तरां में आठ अंडों का आमलेट खिला दिया उसे एक साथ। अपनी तो एक ही फ़िलॉसफ़ी है, गुरु···"

सुहास की ये फूहड़ बातें मुझे तनिक भी अच्छी नहीं लग रही थीं। उसके प्रति एक तरह से वितृष्णा का भाव उपज रहा था। मानव और पशु में क्या कोई भेद नहीं? सारे सम्बन्धों का निष्कर्ष क्या एक ही बिन्दु पर समाप्त होता है? वासना के कीचड़ में कितना ही धंसो, अन्त में हाथ क्या आता है—क्रोध से काम, काम से विनाश।

"गुरु, चुप क्यों हो गए?" सुहास ने कुरेदा।

"कुछ नहीं। पता नहीं इस बार एक्ज़ाम में क्या होगा?"

"छोड़ भी, यार!" उसने तनिक झिड़ककर कहा, "दिन-रात—एक्ज़ाम! एक्ज़ाम! अच्छा बता, ट्यूशन कैसा चल रहा है?"

"ठीक है।"

"मज़ा आ रहा है?"

मैं क्या उत्तर देता इस अश्लील प्रश्न का! यों ही हंस दिया।

"गुरु, अपनी तो फ़िलॉसफ़ी कुछ दूसरी है, भले-बुरे का भेद अपनी मंद बुद्धि से परे है। सहज भाव से जो हो जाए, वह सब अच्छा है—अच्छा-ही-अच्छा!" वह उठ खड़ा हुआ। डैस्क के ऊपर पीतल का लोटा रखा था—पानी से भरा। यों ही ऊपर से नल की जैसी धार बनाकर पीने लगा—गट्-गट्! तभी पीते-पीते पता नहीं क्या हुआ, उसे खांसी आयी और पानी मुंह पर ही नहीं, नीचे सीमेंट के फ़र्श पर भी बिखर गया था दूर तक।

"गाली तो नहीं दे रहे, गुरु!" तौलिए से मुंह पोंछकर उसने कहा और कूदकर अपने बिस्तर पर बैठ गया।

पैंट की पिछली जेब से बटुआ-सा कुछ निकालकर वह देर तक निर्निमेष

देखता रहा। फिर मेरी ओर बढ़ाता हुआ बोला, "देखो तो, गुरु! किसी हीरोइन से कम है?"

उसने पासपोर्ट साइज़ का एक फ़ोटो मेरी ओर बढ़ाया।

यह तो तुम्हारा ही चित्र था, अनुमेहा! तुम्हारे सुनहरे बाल हवा में उड़ रहे थे। अधमुंदी पलकों में अजीब-सा भाव था। मन-ही-मन मुसकराती मुद्रा।

पीछे लाल स्याही से लिखा था—

'तुम्हारे लिए'

—मेहा

मैं जैसे धरती पर औंधे मुंह गिर पड़ा।

मुझे लगा, चारपाई हिल रही है। बल्ब गिरने वाला है। दरवाज़ा टेढ़ा हो गया है। अधखुली खिड़की के रास्ते कुहरे की तरह अंधेरा भीतर की तरफ़ बढ़ रहा है। धीरे-धीरे सारे कमरे में छा रहा है। हवा में झूलता बल्ब और धुंधला हो आया है—ग्रहण लगे चांद जैसा!

"लो!" तुम्हारा फ़ोटो मैंने सुहास के सामने बढ़ा दिया।

सुहास हंस पड़ा, "यह तो आपका है···!"

"मेरा?"

"हां-हां, आज कॉलेज से लौटा तो डाक से आया एक लिफ़ाफ़ा नीचे फ़र्श पर पड़ा था। मैंने अपना समझकर ग़लती से खोला तो मात्र यह फ़ोटो निकला। लिफ़ाफ़ा उलट-पलटकर देखा—आपका नाम लिखा था—तिरछे अक्षरों में।"

"मेरा कैसे हो सकता है?" मैं अचरज से बुदबुदाया।

सुहास चुप था।

मुझे यह समझते समय न लगा कि हो सकता है, सुहास सरासर झूठ बोल रहा हो। मेरी प्रतिक्रिया जानने के लिए ही···या यह भी असंभव नहीं कि तुमने ही भेज दिया हो!

दूसरे दिन जब शाम को पढ़ाने पहुंचा तो मैंने जाते ही गुस्से से पूछा, "तुमने मुझे फ़ोटो क्यों भेजा?"

"कौन-सा फ़ोटो?"

"कौन-सा! जैसे तुम्हें पता नहीं?" मैंने झिड़ककर कहा तो तुम हंस पड़ी थी।

"सच्ची, मैंने नहीं भेजा! मैं क्यों भेजूंगी!" बड़ी मासूमियत से तुमने देखा था।

"फिर यह कहां से आया?" मैंने जेब में से तसवीर निकाली।

कुछ देर तुम चुप रही—दांतों के नीचे निचला अधर ज़ोर से दबाए। फिर तुमने झटके से मेरी ओर देखा—"मैंने नहीं भेजा। हां, यदि भेज भी देती तो क्या कोई गुनाह हो जाता?"

"क्यों नहीं हो जाता गुनाह? तुम कौन हो भेजने वाली?" मेरे मुंह से गुस्से से निकल पड़ा।

पता नहीं तुम पर क्या प्रतिक्रिया हुई कि तुमने उसी तरह मेरी ओर देखा, "मैं कह रही हूं, मैंने नहीं भेजा, पर आप ज़िद करेंगे तो अब रोज़ भेजूंगी! रोज़ भेजूंगी! रोज़ भेजूंगी…!"

ग्रामोफ़ोन की सुई जैसे एक ही बिंदु पर अटक जाती है और एक ही स्वर बार-बार सुनाई देता है, उसी तरह तुम कहती चली जा रही थी। तुम्हारा शान्त चेहरा कितना सिंदूरी हो गया था उस पल! आंखें डबडबा रही थीं—सचमुच तुम रो रही थी, मेहा!

7

झील के किनारे-किनारे माल रोड से लगी कच्ची सड़क पर मैं अकेला चल रहा था। तुम्हारा आंसू-भरा चेहरा अब तक मेरी पलकों पर तैर रहा था। तुमने अगर अपना चित्र भेज भी दिया तो क्या गुनाह हो गया था? कभी-कभी मैं अकारण इतना निर्मम क्यों हो जाता हूं? सारी संवेदनाएं, सारी सहानुभूति, सारी आत्मीयता कहां चली जाती है? अपने को इतना बदला-बदला क्यों महसूस करता हूं? तुमने न भेजा हो—क्या यह नहीं हो सकता! सुहास तुम्हारे घर से यों ही उठाकर ले आया हो…!

क्या यह नहीं हो सकता कि तुमने सुहास को ही दिया हो, अपने हस्ताक्षर करके! नहीं तो उसके पर्स में कहां से आ टपकता!

मैं चुपचाप चल रहा था, चलता जा रहा था।

नगरपालिका का बन्द पुस्तकालय कितना वीरान-सा लग रहा था! आधा

तालाब में, तट से टकराती लहरों के ऊपर—आधा ज़मीन पर, पत्थर के पायों पर खड़ा!

मैस में खाना खाकर कमरे में आया तो ताला बन्द था। सुहास अब तक नहीं लौटा था। यों भी वह रात देर से लौटने का आदी था।

जूते, कपड़े सहित ऐसे ही बिस्तर पर गिर पड़ा था निढाल। दिन-भर की थकान का अहसास अब हो रहा था, मंज़िल पर पहुंचकर। देर तक छत की ओर अपलक देखता रहा था—पता नहीं क्या-क्या सोचता हुआ!

तभी सहसा मैंने तुम्हारा चित्र निकाला और न जाने किस आवेश में उसके टुकड़े-टुकड़े कर पायों के पास नीचे फेंक दिया था।

सुबह उठते ही टुकड़े टटोलने लगा तो वहां एक भी नहीं मिला। हां, चारपाई के बाएं पाये के पास तुम्हारा वही चित्र औंधा पड़ा था, ठीक वही चित्र, जिसके पीछे तुमने 'मेहा' लिखा था!

यह क्या हो रहा है?

कल रात जो टुकड़े फेंके थे, वे कहां हैं? यह नया फ़ोटो अब कहां से आ गया? क्या मैंने उसे फाड़ा ही नहीं था?

सुहास रात को पता नहीं कब लौटा था? अब तक पांव पसारे निर्द्वन्द्व लेटा था।

कहीं उसी ने न रख दी हो! पर उसके पास कहां से आएगी नयी तसवीर!

दूसरे दिन मैंने तुम्हें यह सब बतलाया तो तुम हंसने लगी थी, "आपका भ्रम होगा। कहीं आप मेरी तसवीर फाड़ सकते हैं? गुस्से में यों ही आपने फेंक दी होगी···कितने प्यार से तो भेजी थी!"

मुझे याद आया, सुबह कॉलेज जाते समय सुहास से ज़िक्र किया तो वह भी ठीक तुम्हारी तरह हंसने लगा था, "फ़ोटो के फटे टुकड़े कभी-कभी अपने आप जुड़ जाते हैं, गुरु! मेरे साथ भी ऐसा ही हुआ था एक बार। प्रेम-व्रेम का यह साला चक्कर ही ऐसा होता है। अच्छे-अच्छे भ्रमित हो जाते हैं।" कुछ सोचते हुए उसने अपना खुला हुआ पंजा ऊपर हवा में लहराया, सांप के फन की तरह, "गुरु, बतलाओ, कितनी अंगुलियां हैं?"

मैंने गिनीं, "छह हैं।"

वह ठहाका लगाकर हंस पड़ा था, "बस्स, बस्स, यही चक्कर है। पांच के बदले जब छह नज़र आएं तब समझ लीजिए, आदमी काम से गया!"

तुम्हें याद होगा, उसके दाएं हाथ की सबसे छोटी अंगुली की बग़ल में एक और नन्ही-सी अंगुली थी—बाहर की तरफ़ छितरी हुई-सी। उसे ही जोड़कर मैंने छह कहा था।

सुहास भी साथ-साथ चल रहा था। मेरे गले में हाथ डालता हुआ वह फिर बोला था, "गुरु, आप ठीक कह रहे हैं। मैं भी ऐसे ही चक्कर में फंस पड़ा था बहुत पहले। तब किसी ने आंगन में बंधी अपनी बकरी की ओर इंगित कर पूछा था—'कितनी टांगें हैं इसकी?'

"मैंने बार-बार जोड़कर, सोच-समझकर कहा था—'तीन'। तब से अब तक बकरी की तीन ही टांगें नज़र आ रही हैं मुझे।"

हम हंस पड़े थे एक साथ···

"आप क्या सचमुच मुझसे नाराज़ हैं?" तुमने सन्नाटा तोड़ते हुए कहा था।

"नहीं-नहीं! मुझे यह सब अच्छा नहीं लगता। तुम समझती क्यों नहीं, हर आदमी की अपनी एक इज़्ज़त होती है··· ।" तल्ख़ी के साथ मैंने तुम्हारी ओर देखा था।

"बातें करने से या साथ-साथ चलने-फिरने से क्या इज़्ज़त कम हो जाती है?" तुमने कितनी मासूमियत से पूछा था—बड़े भोले भाव से। तुम्हारी निर्विकार, निरीह आकृति की ओर मैं देखता रहा था देर तक।

"आप तो इतना पढ़ते हैं! आंटी कहती हैं, दुनिया-जहान की, ज्ञान की सारी बातें जानते हैं। फिर कभी-कभी आप ऐसा क्यों करते हैं? सच, मैं बहुत परेशान हो जाती हूं··· ।"

मैं जैसे कहीं गहरे में डूब गया था, "यही तो कहता हूं कि इन सारी सतही बातों में क्या रखा है! इसके ऊपर भी एक धरातल होता है—तुम नहीं समझ सकती उसे··· ।"

तुम शायद सचमुच नहीं समझ पायी थी, उसी तरह मेरा मुंह देर तक ताकती रही थी। तुम्हारा वही निरीह चेहरा अब कितना निरीह हो आया था—कुछ-कुछ दयनीय-सा!

"कभी-कभी तुम्हारी इच्छा साथ बैठकर ख़ूब बातें करने की, घूमने-फिरने की होती है न?" मैंने जैसे अपने से पूछा हो—बड़ी उखड़ी-उखड़ी

धीमी आवाज़ में।

तुम उसी तरह देखती रही थी—खोयी-खोयी-सी।

''तुमने एक बार कहा था—आप सामने बैठे हों, मैं आपकी तरफ़ देखती रहूं, देखती रहूं—इसके अलावा मुझे और कुछ नहीं चाहिए।

''तुमने एक बार कहा था—रात को खिड़की खोलकर अंधकार में डूबे देवदार के वृक्षों की ओर पता नहीं क्यों मैं घंटों बैठी ताकती रहती हूं! मुझे न जाने क्या हो गया है—नींद नहीं आती। भूख नहीं लगती। अकारण मन छटपटाता रहता है। मुझसे पढ़ा नहीं जाता अब···।''

अनजाने में मुझसे जैसे कोई छिपा हुआ घाव कुरेदा गया हो!

तुम्हारी उदास आंखों में मोतियों का झालर उलझ आया था। अजीब-सा मुंह बनाकर तुमने मेरी ओर देखा था, ''नहीं-नहीं, मुझे कुछ नहीं होता—कुछ नहीं। मैंने झूठ बोला था—आप चले जाइये, मुझे आपसे बातें नहीं करनी हैं।''

तुम्हारे 'शान्त' शब्दों के पीछे छिपा धधकता ज्वालामुखी देर तक मुझे झुलसाता रहा था।

तुम्हारी मुट्ठी में काग़ज़ की कुछ बंधी चिन्दियां पसीने से गीली हो आयी थीं।

''यह क्या है?'' मुझे लगा, शायद तुमने मुझे कोई पत्र लिखकर फाड़ डाला हो।

''कुछ नहीं।'' तुमने हंसने की असफल चेष्टा की थी।

मुट्ठी खोलकर मैंने देखा तो पतले काग़ज़ के हरे-हरे टुकड़े थे—ऊपर 'अशोक टाकीज़' लिखा था।

''कहां से आये?''

''आंटी ने कल दिए थे—देखने के लिए···।''

''फिर गयी क्यों नहीं?''

''मन नहीं हुआ।''

''कितने थे?''

''दो।'' तुमने थूक गटककर कहा, ''उन्होंने अपने लिए कल मंगाई थीं, पर फिर गयी नहीं, इसलिए मुझे दे दी थीं···!''

कहते-कहते तुम चुप हो गयी थी।

''आपको पिक्चर अच्छी नहीं लगती?'' सूनेपन को तोड़ती तुम्हारी

खोयी-खोयी आवाज़ थी।

"लगती है।"

"कभी देखते हैं?"

"कभी-कभी।"

"मुझे दिखलायेंगे?"

"हां।"

"कब?"

"अगले जन्म में।"

सुनते ही तुम चुप हो गयी थी, उसके बाद तुमने फिर कुछ भी नहीं पूछा था।

बर्फ़ की एक मोटी चादर चारों तरफ़ बिछ गयी थी।

"सुनो!" मुझे जैसे सहसा कुछ याद आया। तुम्हारी ओर मैंने परखती निगाहों से देखा था, "उस दिन पिताजी आये थे गांव से। मैंने शायद तुम्हें बतलाया नहीं!"

मेज़ पर कुहनियां टिकाये तुम बैठी थी। दोनों हाथों की अंगुलियां परस्पर जोड़कर तुमने बित्ते-भर का पुल बना लिया था, जिस पर तुम्हारी ठोड़ी टिकी थी। पलकें ऊपर उठाकर तुमने देखा था।

"पता है, क्या कहते थे?" मैंने जिज्ञासा से कहा।

"..."

"मुझे बुलाने आये थे···।"

"क्यों?"

"कहते थे—तुम्हारी शादी तय कर दी है—दस गते की। तुम चलो। तुम्हारी अम्मा मरने से पहले बहू का मुंह देखना चाहती हैं···।"

"तो···आपने क्या कहा?" सिर से पांवों तक तुम्हारा सारा शरीर सचेत हो आया था। अपने इस प्रश्न का उत्तर सुनने के लिए तुम कितनी आतुर हो उठी थी! गर्दन आगे की ओर बढ़ाकर मेरे कितने करीब आ गयी थी!

"तुम ही बतलाओ, मैंने क्या कहा होगा?"

"हमें क्या पता?"

"फिर भी···।" कुरेदा तो तुम बोल पड़ी थी, "आप तो श्रवणकुमार

हैं···।'' कहते-कहते मुसकान की हलकी रेखा तुम्हारे अधरों तक आती-आती तिरोहित हो गयी थी, ''आपने वही कहा होगा जो आपको कहना चाहिए था···।''

''क्या?''

''हमसे क्यों कहलवाते हैं? हमें नहीं मालूम!'' तुमने किंचित् झुंझलाकर कहा था।

मैं चुप हो गया था।

देर तक फिर तुमने भी कुछ नहीं पूछा था।

''एक बात बतलाइये, आपने उसे देखा है कभी?'' कहीं दूर से आता हुआ-जैसा तुम्हारा स्वर था शायद!

''हां—क्यों?''

''कैसी है?''

''बहुत अच्छी।''

''देखने में···?''

''देखने में भी। लहराते रेशमी बाल, शरद के धुले आकाश जैसी उजली नीली-नीली आंखें, दूधिया चेहरा, होंठ ठीक तुम्हारी तरह, कद भी लगभग इतना ही···।''

''तो···?'' अपने सूखे अधरों पर तुमने जीभ फिराई थी।

''तो क्या?''

''आपने क्या कहा?''

हंस पड़ा मैं, ''यही कि तय कर लीजिये। हम आ जायेंगे। ···तुम चलोगी?''

तुम्हारा चेहरा कैसा-कैसा हो आया था! खुली किताब के ऊपर सिर गड़ा लिया था तुमने।

देर बाद ऊपर उठाया तो मैं सब कुछ समझ चुका था, ''अरे, तुम तो सच मान गयी! मैंने यों ही कहा था—झूठ-मूठ में!''

तुम चुप थी।

''मैंने मना कर दिया था। सच्ची···!''

''क्यों?''

''बस्स, ऐसे ही।'' मैंने अपने दाएं हाथ की खुली हथेली तुम्हारी ओर बढ़ायी थी, ''देखो न, इसमें उम्र की रेखा कहां है? लगता है, ऊपर वाले ने

भूल से खींची ही नहीं!" मैंने फीकी हंसी हंसने का प्रयास किया था।

विस्फारित नेत्रों से तुमने खुली हथेली की ओर नहीं, मेरे चेहरे की ओर ताका था—अविश्वास से।

मैंने एक गहरी सांस ली, "हाथ की रेखा की बात तो यों ही कर रहा था, वैसे भी मेरी ज़िन्दगी अधिक लम्बी नहीं, मेहा! मैं झूठ नहीं बोल रहा। फिर···फिर अभी तो पढ़ ही रहा हूं···पढ़ाई पूरी भी कर चुका होता, तब भी शायद विवाह नहीं करता। घर-गृहस्थी के जंगल में मन रम नहीं पायेगा, मैं जानता हूं। जिसे वैरागी बनना है वह···!"

यह सब सुनना शायद तुम्हें अच्छा नहीं लग रहा था। तुम्हारी आकृति में कितने ही रंग एक साथ उतर-उभर रहे थे।

"मुझे लगता है, तुम हर प्रश्न को अब गम्भीरता से लेने लगी हो। तुम्हारी निरन्तर बढ़ती भावुकता से कभी-कभी मैं बहुत परेशान हो जाता हूं। जिससे प्रेम हो, उसी से विवाह भी किया जाए, क्या यह ज़रूरी है? एक धुंधली-सी लौ के सहारे आदमी अपनी सारी अंधेरी ज़िन्दगी गुज़ार सकता है—बिना किसी अभाव को महसूस किए···।" मैं कह ही रहा था कि तुम एकाएक बिफर पड़ी थी, "पुस्तकों में आज तक जो-जो पढ़ा, सारा ज्ञान आज ही उगल देंगे! आपसे विवाह के लिए किसने कहा है? संन्यासी बनने या हरिद्वार जाने से कौन रोक रहा है आपको?"

तुम्हारे माथे पर एक साथ कितनी समानान्तर लकीरें खिंच आयी थीं उस पल!

8

"आज छुट्टी दे दीजिये!" चहकती हुई तुम कमरे में आयी थी।

"क्यों?"

"पटवाडांगर से जिज्जी आयी हैं। कहती हैं, पिक्चर चलेंगे।" बड़े उत्साह से तुमने कहा था।

"पिक्चर बहुत ज़रूरी है क्या?"

"..."

"बीस से हाफ़-इयर्ली हैं तुम्हारे?"

"बस, आज के अलावा फिर कभी नहीं···। आई श्युअर!" तुमने एक ही सांस में कह डाला था और मेरे उत्तर की प्रतीक्षा किये बिना ही तुम तैयार होने चली गयी थी।

किताबें परे पटककर, जाने के लिए मैं उठ ही रहा था कि श्रीमती दत्ता कमरे में आयीं। उस दिन के बाद आज पहली बार देखा था उन्हें।

"कहीं जाने की जल्दी में हैं···?"

"जी···नहीं।"

"बच्चे पिक्चर जा रहे हैं, टिकट ख़रीदकर बिठला देंगे?"

"जी, हां···।"

श्रीमती दत्ता मेरे 'जी, हां' कहने के ढंग पर मुसकरायी थीं शायद!

" 'रॉक्सी' में कोई इटालियन फ़िल्म चल रही है—'बाइसिकल थीफ़'—इण्टरनेशनल अवार्ड विनर है। आपको एतराज़ न हो तो आप भी हो आइये···इसे देखने से नैतिक पतन नहीं होगा!" कहती-कहती श्रीमती दत्ता स्वतः हंस पड़ी थीं।

"जी, मुझे कुछ ज़रूरी काम है। जाना सम्भव न हो पायेगा।"

"ख़ैर!" इतना कहकर दस रुपये का एक नोट उन्होंने मेरी ओर बढ़ाया, "चाय तो नहीं पी होगी आपने?" चलते-चलते उन्होंने पूछा था।

उनका वाक्य अभी पूरा भी नहीं हो पाया था कि नन्हा-सा नौकर प्याला लेकर कमरे में आ गया।

तभी दरवाज़े पर पर्दा सरकने की-सी आहट हुई और मेज़ पर रखी किताब तुम जल्दी समेटने लगी थी।

आज फिर वैसा ही रूप था तुम्हारा।

जार्जेट की दुग्ध-धवल साड़ी—बगुले के पंख जैसी, वैसा ही हिम-श्वेत मखमली ब्लाउज़, सुनहरे बालों पर इठलाता सफ़ेद कमल का-सा कोई नन्हा फूल—बर्फ़ का तराशा हुआ टुकड़ा-जैसा, पांवों में सफ़ेद चप्पलें।

हिमबाला का-सा तुम्हारा यह उज्ज्वल आकार कितना निर्मल, निष्कलंक लग रहा था! तुम आज फिर एक बार इस धरती की-जैसी नहीं लग रही थी, मेहा!

बाहर निकले तो कितना खुला-खुला-सा लगा था।

'क्रास्थवेट हॉस्पिटल' के नीचे एकदम ढलान था। 'घोड़ा स्टैण्ड' में आज उतनी भीड़ नहीं दीख रही थी। ज्यों-ज्यों जाड़ा बढ़ रहा था, सैलानियों की संख्या कम होती चली जा रही थी। अधिकांश दुकानें बन्द हो गयी थीं। अब कुछ ही दिनों में सारे सिनेमा-हॉल भी बन्द हो जायेंगे। 'नॉवल्टी' को बन्द हुए शायद एक हफ़्ता बीत गया था।

"मेहा आपकी बड़ी तारीफ करती है।" तुम्हारी सोनल जिज्जी ने सड़क पर आते ही कहा, "आपकी मेहनत से इसका डिवीज़न बन जायेगा। पिछले होम-एक्ज़ाम में मार्क्स बहुत अच्छे लायी है···।"

मैं प्रत्युत्तर में क्या कहता! हां, मैंने देखा, कनखियों से झांककर तुम मुसकरा रही थी।

"प्लेन्स के रहने वाले हैं न?" उन्होंने पूछा था।

"जी, नहीं, यहीं पहाड़ का···।"

"कहां?"

"जिम कार्बेट की पुस्तक 'मैन-ईटर ऑफ़ चम्पावत' पढ़ी होगी न! अभी कुछ ही साल पहले इसी नाम से हॉलीवुड की एक फ़िल्म भी यहां आयी थी। उसी के पास···।"

तुम्हारी सोनल जिज्जी मुसकरा रही थीं, "पर आपको देखकर लगता नहीं कि आप वहां के रहने वाले हैं।"

"क्यों?"

"मैन-ईटर के प्रदेश का आदमी तो बड़ा ख़तरनाक होना चाहिए, पर आप इतने भले हैं कि···।"

हम सब हंस पड़े थे—उन्मुक्त हंसी में।

"हमारी आंटी के 'चिड़ियाघर' के लिए एक 'मैन-ईटर' पकड़कर ला दीजिये न!" तुमने शरारत में हंसते हुए कहा था, "एक शेर की कमी थी, वह भी पूरी हो जायेगी—सांप, लंगूर तो हैं ही।"

तुम्हारी जिज्जी हंसने लगी थीं।

उनकी हंसी ठीक बच्चों की-जैसी थी न! उनसे तुम्हारा स्वभाव कितना मिलता-जुलता था! कुछ लोग पता नहीं क्यों—जन्मजात इतने अच्छे होते हैं—सरल, सहज, सहृदय!

हम तीनों पैदल ही रास्ता तय कर रहे थे। तुम्हें याद है, तुम्हारी जिज्जी ने

रिक्शा में चलने के लिए कहा तो मैंने टाल दिया था—आदमियों द्वारा खींचे जाने वाले रिक्शा में बैठना अच्छा नहीं लगता।

तब नैनीताल में साइकिल-रिक्शों का चलन नहीं हुआ था न!

सड़क के ऊपर कुछ ऊंचाई पर था 'रॉक्सी'। मैं लपककर टिकट-खिड़की की तरफ़ बढ़ ही रहा था कि उन्होंने मेरा हाथ पकड़ लिया था, "आपसे किसने कहा⋯?" बड़ी आत्मीयता से पूछा था।

"आंटी जी ने⋯।"

वह हंस पड़ी थीं, "आप रुकिये तो सही, 'बाइसिकल थीफ़' कहीं भागा नहीं जा रहा।"

वह स्वयं खिड़की पर चली गयीं। लौटीं तो हाथ में तीन टिकटें थीं।

"चलिये⋯!"

"मुझे तो होस्टल जाना है। मैं सिनेमा नहीं देखता⋯।"

"क्यों? क्या गन्दी फ़िल्म है?"

"जी, नहीं-नहीं।"

"तो चलिये भी⋯।"

"जी, नहीं।" संकोच के साथ-साथ मेरे स्वर में तनिक दृढ़ता भी थी।

"तो हम भी नहीं देखते।" उन्होंने इतनी गम्भीरता से कहा कि मुझे लगा, यदि मैं न गया तो सम्भवतः ये भी नहीं देखेंगी।

"चलिये न!" उनका आग्रहपूर्ण स्वर था।

विवश भाव से मैंने देखा और सचमुच मैं चलने लगा था—चाबी-भरे खिलौने की तरह।

किनारे वाली सीट पर तुम बैठी, फिर तुम्हारी जिज्जी, उसके बाद मैं—बहुत सिमटकर।

हॉल में घुप्प अंधेरा था। पर्दे पर इस समय आने वाली किसी विदेशी फ़िल्म का 'ट्रेलर' चल रहा था। टार्जन की-सी शक्ल का कोई विशालकाय अर्द्धनग्न आदमी अपनी प्रेमिका के साथ घने जंगल में बैठा, सामने बिखरे बर्फ़ीले पहाड़ों की ओर देख रहा था। प्रेमिका उसके बाहुपाश में बंधी थी⋯।

पर्दे पर देखने के बदले मैं नीचे फ़र्श पर कुछ टटोल रहा था अकारण। तुम्हारा ध्यान भी शायद पर्दे पर नहीं था। अपनी जिज्जी के कानों के पास मुंह ले जाकर तुम शायद कोई महत्त्वपूर्ण बात बतला रही थी।

इसके बाद झट से दूसरी फ़िल्म का ट्रेलर चला ही था कि सामने वाली तीसरी सीट पर सुहास बैठा दिखलाई दिया—'जीवाणु' के साथ।

मेरी ओर कनखियों से झांककर वह मुसकरा रहा था।

पर्दे पर क्या-क्या चला, पता नहीं। दीवार पर पोस्टर चिपकाने वाले एक आदमी की साइकिल सड़क पर से चुरा ली जाती है—बस, इतना ही याद रहा तब।

'इंटरवल' में बाहर आया तो दोनों दौड़कर लपके, "गुरु, लगता है कि मामला कुछ जम रहा है अब!" सुहास ने बड़े रहस्यमय ढंग से कहा।

मैं क्या उत्तर देता, हंस पड़ा।

'जीवाणु' मेरे घुटनों के पास सटकर खड़ा हो गया था, सुनने के लिए।

"कैसी लग रही है पिक्चर?"

"ठीक है। वैसे अध्यात्म का पुट कुछ कम है।" सुहास कुछ कहे, उससे पहले ही मैंने कह दिया तो वह मुंह फाड़कर हंसने लगा, "लक्की हो, गुरु! नैनीताल में रहते-रहते सारी ज़िन्दगी गुज़र गयी, कभी कुछ बना नहीं। एक आप हैं, बारी-बारी से सारा कुनबा घुमा रहे हैं!" सुहास पर गुस्सा तो बहुत आया, किन्तु फिर भी चुप रहा। लोगों का सारा दृष्टिकोण ही रुग्ण हो तो आदमी किससे क्या कहे!

"दूसरी कौन है⋯?" उसने जिज्ञासा से फिर पूछा था।

"मेहा की जिज्जी, पटवाडांगर वाली।"

"धन्य हो, धन्य हो, गुरुदेव! पटवाडांगर तक हाथ मार दिया⋯!"

उसने इतने भद्दे ढंग से कहा कि मेरा सारा शरीर उबल पड़ा। मैंने प्रत्युत्तर में आक्रोश से देखा तो वह सहम गया था। मैं कुछ उत्तर दूं, उससे पहले वह खिसक गया था।

हॉल में फिर आया तो मन बुरी तरह उखड़ गया था। पिक्चर थी कि ख़त्म होने को ही नहीं आ रही थी।

"आपको अच्छी नहीं लग रही⋯?"

"जी, अच्छी है⋯।"

'द एण्ड' से क्षण-भर पहले ही हम द्वार की ओर बढ़ आये थे। बाहर खुले में सांस लेना कितना अच्छा लग रहा था। भीतर तो लगता था कि दम अब घुटने ही वाला है।

इन कुछ ही घंटों में बाहर का वातावरण बहुत बदल गया था। पूनम का

भरा-पूरा चांद अन्तहीन पर्वत-शृंखलाओं के उस पार से उझककर झांक रहा था—हलके-हलके झटके के साथ आसमान पर चढ़ता हुआ। अभी उगा ही था, इसलिए तनिक लालिमा के साथ पीलापन कुछ अधिक झलक रहा था—चन्दन के विशाल टीके की तरह!

नीचे सड़क पर उतरकर मैं सोच रहा था कि अब विदा लूं, तभी तुम्हारी जिज्जी ने कहा, "लेक-ब्रिज के पास बस-स्टैंड पर हमारी जीप खड़ी है। आपको भी उधर ही जाना होगा न?"

"जी, हां।"

न चाहते हुए भी अब फिर साथ-साथ चल रहे थे।

सड़क के किनारे उगाए गए चिनार के ऊंचे-ऊंचे विशाल वृक्ष एकदम नंगे हो आए थे। हवा में खड़खड़ाते सूखे पत्तों से माल रोड भर गयी थी। कितनी सूनी-सूनी वीरान-सी लग रही थी! गिनती के ही कुछ लोग रह गये थे अब। हमेशा की वे ही परिचित आकृतियां तल्लीताल से मल्लीताल जातीं या वहां से थकी-थकी-सी लौटतीं।

"कभी पटवाडांगर आइये न! वहां चेचक के टीके तैयार किए जाते हैं।" उन्होंने कहा और फिर हवा में बिखरे हुए बालों को जतन से सहेजने लगी थीं।

सचमुच जीप प्रतीक्षा में खड़ी थी। यदि मैं ग़लती पर नहीं तो शायद यह वही थी, जिसमें बैठकर उस दिन शाम तुम्हारे साथ चील-चक्कर से आया था।

जीप में बैठते हुए उन्हें जैसे सहसा कुछ याद आया, "तू कैसे जायेगी, गुड्डी?"

घर का तुम्हारा यह नाम भी है, मुझे पहली बार पता चला था!

"चली जाऊंगी! कोई डर तो नहीं लगता!"

तुम्हारी जिज्जी का चेहरा कितना सफ़ेद था—रक्तविहीन! तुमने बतलाया कि अभी-अभी बीमारी से उठी हैं। तुम्हें कुछ रुपये देने के लिए उन्होंने हाथ बढ़ाया तो हाथ की नीली उभरी नसें कितनी साफ़ झलक रही थीं!

"नहीं-नहीं, अकेली न जाना! आंटी नाराज़ होंगी।" इतना कहकर उन्होंने मेरी ओर देखा, "आपको होस्टल लौटने में तो देर हो ही रही होगी, फिर भी इसे छोड़ दीजियेगा···रिश्तेदारी में ठहरी है···हां, रिक्शा ले लीजियेगा!"

जिज्जी की जीप क्षण-भर में ओझल हो गयी और हम दोनों बुत की तरह वहीं पर खड़े-के-खड़े रह गये!

9

बर्फ़ीली हवा कितनी तेज़ थी! लगता था, उड़ाकर कहीं दूर पटक देगी। लेक-ब्रिज पर ऐसी ही सनसनाती हुई हवा चलती थी न!

तुम्हारा झीना-झीना-सा सफ़ेद शॉल उड़ रहा था, बगुले के पंख-जैसी साड़ी फरफरा रही थी, रेशमी बाल लहरा रहे थे। ज्यों-ज्यों तुम उन्हें समेटने की कोशिश कर रही थी, त्यों-त्यों वे अधिक बिखरते जा रहे थे।

तुम्हारी दूधिया आकृति में अजब-सा भाव था। लगता था, तुम किसी भी क्षण रो सकती हो, किसी भी क्षण हंस सकती हो! कितनी विचित्र-सी मुद्रा थी—अतिशय भावुकता से भरी तुम्हारी अधमुंदी पलकों पर एक साथ कितना कुछ नहीं तैर रहा था!

"चलना नहीं— ?"

मेरे प्रश्न का तुमने शायद कोई उत्तर नहीं दिया था। न जाने किस भावुकता में बहकर सहसा तुम मेरे पास आकर खड़ी हो गयी थी—बहुत-बहुत पास! तुम्हारी सारी देह से कैसी मोहक गन्ध आ रही थी—मुझे पहली बार जीवन में इसका अहसास हुआ था।

मैंने अपने हाथ ठंड से बचाने के लिए कोट की दोनों जेबों में ठूंस रखे थे, फिर भी बर्फ़ीली ठंडी हवा के थपेड़े निरन्तर लगते चले जा रहे थे।

मेरे कोट की आस्तीन पर हौले से अपनी कांपती उंगलियां छुआकर तुमने होंठों-ही-होंठों में बुदबुदाकर कहा था, "आपके कपड़े पानी की तरह ठंडे हो गये हैं···!"

याद है, यही शब्द तुमने तब भी कहे थे, जब उस शाम घिरते अंधियारे में तुम अकस्मात् चील-चक्कर के मोड़ पर टकरा पड़ी थी। तब भी कुछ-कुछ ऐसी ही सर्द हवा चल रही थी। मेरे कपड़े इसी तरह ठंडे हो आये थे।

तभी एक बस सामने से गुज़री। पीछे हटकर मैं रेलिंग के सहारे खड़ा हो गया था।

पेट्रोल के धुएं के साथ-साथ हलकी-सी धूल उड़ी और तुम फिर पास आ गयी थी।

सहसा मेरी निगाहें शेड के सहारे गठरी की तरह सिकुड़कर बैठे डोटियाल कुली पर अटक गयी थीं, जिसके दुर्बल शरीर पर टंगे टाट के चिथड़े हवा में बिखर रहे थे। सारा शरीर नीला-नीला लग रहा था—ठंडा! छोटे बच्चों की तरह नाक से निरन्तर पानी बह रहा था। खुरदरी आस्तीन से बार-बार पोंछने के कारण नाक कितनी लाल हो गयी थी!

मैंने तुम्हारी बात का कोई उत्तर नहीं दिया तो तुम भी जिज्ञासा से उस ओर, उसकी तरफ़, उसी तरह देखने लगी थी—उन्हीं निगाहों से।

अपनी मुट्ठी में भिंचे नन्हे-से मखमली बटुवे से तुमने कुछ सिक्के निकाले और उसकी ओर बढ़ाये तो कितना अच्छा लगा था, उस पल!

मैंने तुम्हारी ओर देखा और तुम सहसा मुसकरा पड़ी थी।

''चलो, छोड़ आऊं तुम्हें!'' मैंने झिझकते हुए कहा।

''नहीं—नहीं!''

''क्यों?''

''आपको देर नहीं हो जायेगी, इत्ती सर्दी में…!''

मुझे लगा, शायद तुम कहना कुछ और चाह रही थी, परन्तु कह यह गयी।

लेक-ब्रिज पर इस समय यद्यपि अधिक भीड़ नहीं थी, फिर भी दो-चार परिचितों का टकरा पड़ना साधारण-सी बात थी। अभी-अभी डॉ० गुप्ता अपनी पत्नी के साथ जा रहे थे। सुहेल और रत्नाकर को भी देखा था…।

तुम्हारे साथ चलना एक समस्या थी, किन्तु न चलना उससे भी विकट।

मेरे मनोभावों को शायद तुम अपनी पारखी निगाहों से ताड़ चुकी थी।

''आप इतने परेशान क्यों लग रहे हैं?'' तुमने बहुत पास आकर कहा, ''जब डॉक्टर गुप्ता डाकखाने के पास जा रहे थे, तब भी मैं आपकी ओर देख रही थी। सुहेल रामजे रोड की तरफ़ से आया तो आपका चेहरा कैसा हो आया था! क्या हम कोई गुनाह कर रहे थे?'' तुम्हारे शब्दों में तल्खी ही नहीं, असह्य पीड़ा भी थी।

आज तुम सहसा यह सब क्या कह रही हो, मेरी समझ में नहीं आ पा रहा था।

"तुम समझती नहीं···!"

"मैं सब समझती हूं···!" बिखरते हुए बालों को समेटते हुए तुमने कहा था, "इतनी बच्ची नहीं, जितनी आप समझते हैं! सड़क पर साथ-साथ चलने से क्या हो जायेगा? यही कि अंकल देखेंगे, आंटी देखेंगी? यही तो भय है न आपको? मैं कहती हूं, वे देखेंगे भी तो क्या होगा? भय वहीं रहता है, जहां पाप छिपा होता है! आपने ही तो कहा था, हमारे मन में क्य. कहीं कोई पाप है जो···!" कहते-कहते तुम चुप हो गयी थी।

मेहा! तुम्हारे माथे पर उभर आयी तिरछी लकीरें आज भी मेरे स्मृति-पटल पर ज्यों-की-त्यों अंकित हैं। जब तुम नाराज़ होती थी तो तुम्हारी सुन्दरता सचमुच कितनी बढ़ जाती थी!

"आप परेशान न होइए, मैं स्वयं चली जाऊंगी···!" तुमने जैसे अन्तिम निर्णय ले लिया था।

"नहीं-नहीं, मैं कह तो रहा हूं···!" मैंने तड़पकर कहा तो तुम सहसा पलट गयी थी, "आपको रंचमात्र भी कहीं कष्ट हो तो मुझे अच्छा नहीं लगेगा। आपको क्या पता, मुझे सारी रात नींद नहीं आयेगी। आपका दिल मैं किसी भी हालत में नहीं दुखा सकती—यही तो मेरी सबसे बड़ी कमज़ोरी है···!" तुम्हारा स्वर भीग आया था।

प्रत्युत्तर में मैं चुप रहा।

महिलाएं कितनी जल्दी समझदार हो जाती हैं—सयानी! आज तुम्हारी बातें कहीं दूर तक असर कर गयी थीं।

मैंने तुम्हारी ओर देखा तो निगाहें टकरा पड़ी थीं।

अब न तुमने कुछ कहा था और न मैं ही कुछ बोला था। दोनों चुपचाप चल पड़े थे। देर तक हमारे बीच मौन संवाद चलता रहा था। मुझे लग रहा था, बातों के माध्यम से हम जितना कुछ कह पाते हैं, उससे कहीं अधिक चुप रहकर कहा जा सकता है।

लेक-ब्रिज के चौराहे के बाद हम बायीं ओर को मुड़ गये थे—मल्लीताल की दिशा में। रिक्शा-स्टैंड पर इस समय एक भी रिक्शा नहीं था। हां, चढ़ायी की तरफ़, बांज के पेड़ के सहारे एक डांडी अवश्य खड़ी थी। कुहनियों में हाथ छिपाए एक डांडी वाला थर-थर कांप रहा था। दूसरा बार-बार बीड़ी सुलगाने का असफल प्रयास कर रहा था। हवा इतनी तेज़ थी कि दियासलाई जलते ही घुप्प-से बुझ जाती थी।

"पैदल चलें··· ?"

"पैदल चलने से देर नहीं हो जाएगी? होस्टल भी तो लौटना होगा आपको? उस दिन की तरह कहीं आज भी भूखे ही न रह जाएं···!" तुमने कुछ सोचते हुए कहा, "रिक्शा वैसे भी आपको पसन्द नहीं!"

"तो नाव ले लें!" मैंने सुझाया तो तुमने उसी तरह कहा, "देखते नहीं, कितनी ऊंची-ऊंची लहरें हैं! सारी झील में एक भी नाव नहीं।"

कहने को तो तुम कह गई थी, परन्तु पता नहीं क्या सोचकर 'दर्शन-घर' से पहले ही सहसा मुड़ पड़ी थी, "चलिए भी। जो होगा, देखा जायेगा!" तुमने समाधान सुझाते हुए कहा और तुम्हारे पांव अब जल्दी-जल्दी घाट की सीढ़ियां उतरने लगे थे। क्षण-भर में हम किनारे पर झूलती नावों के समीप पहुंच गये थे। लहरें आज हमारे पांवों के कितने पास तक आ-आकर लौट रही थीं! लगता था, कहीं जूते न भीग जायें!

याद है, तट की गीली बजरी से लगी, एक साथ सटकर खड़ी, किनारे पर पछाड़ खाती लहरों में डोलती नावें ऐसी लग रही थीं, जैसे बहुत-से विशालकाय मगरमच्छ किनारे की ओर मुंह किए एक साथ हिल-डुल रहे हों!

अधिकांश नावें रीती थीं—एकदम नंगी! पतवार और गद्दियां लेकर नाविक उन्हें किसी जड़ या खूंटी के सहारे बांधकर अपने-अपने डेरों पर रात बिताने चले गये थे।

सवा आठ बज रहे थे अब।

केवल दो-तीन नावें थीं, जाने के लिए तैयार!

हमें देखते ही सब चील की तरह झपट पड़े थे।

"हं हो, बाबू सैप, सिंगिल या डबुल बोट?"

"डबल से ही चलेंगे!" तुम्हारे कहने से पहले ही मैंने कह दिया था। सिंगल से चलना ख़तरे से ख़ाली नहीं था। लहरें ऊंची थीं, किसी भी क्षण उलटने का ख़तरा!

"तैरना आता है?"

मैंने मुड़कर पूछा तो तुम हंस पड़ी थी, "आपको तो आता है?"

"हां, आता तो है···।" मैंने सिर हिलाकर कहा था।

"तो मुझे नहीं बचायेंगे?"

"नहीं।"

"डूबने देंगे?"

"हां…।"

"सच्च-ई!" तुम हंसने लगी थी ज़ोर से।

लहरें रह-रहकर किनारे पर पछाड़ खाकर गिर रही थीं, जिससे नावें हवा में झूलने-सी लगतीं। इसलिए नाव पर चढ़ना कठिन लग रहा था। नाव की नाक के पास रस्सी बंधी थी। खूंटा तुड़ाकर भागने वाले बछड़े को रोकने के लिए, जिस तरह दोनों हाथों से पूरी ताक़त के साथ खींचते हैं, उसी तरह बूढ़ा नाविक रस्सी को अपनी ओर खींच रहा था। उसके जर्जर हाथों पर उभरा नसों का जाल साफ़ झलक रहा था।

पहले उछलकर मैं चढ़ा था नाव पर, फिर तुम्हारा हाथ थामा तो तुम पानी में गिरते-गिरते बची थी। नाव अपने दोनों बाजुओं पर किस तरह डगमगा आयी थी! पल-भर दोनों लड़खड़ाते-से एक-दूसरे का सहारा लिए खड़े रहे।

"बोट आप ख़ुद चला लेंगे, सैप?" नाव वाले ने पूछा और मैंने स्वीकृति में सिर हिला दिया था।

यह देखकर तुम्हें कितना अचरज हुआ था!

"आपसे नहीं चल पायी तो…!"

"यही तो होगा न कि तुम डूबकर मर जाओगी!" मैं कहते-कहते हंस पड़ा तो हठात् तुम भी हंसने लगी थी।

सुहास के साथ कई बार नाव चला चुका था, इसलिए हाथों में छाले पड़ गये थे, जिनके निशान अब तक बरकरार थे।

बूढ़े नाविक ने पैसे जेब में रखकर नाव को झील की ओर धकेला तो फिसलकर नाव किनारे से दूर हट गई थी।

पूर्णिमा की उजली-उजली रात थी। सागर की तरह इस नन्ही झील में भी नन्हा ज्वार उतर आया था। हिम-श्वेत लहरें ऊपर तक उठ रही थीं। हिचकोलों में डोलती नाव ऐसी लग रही थी, जैसे पारे के सफ़ेद सागर में सूखा नन्हा पत्ता कांप रहा हो!

पिघली चांदी की झील! चांदी की लहरें! आसमान से अमृत बरसाता भरा-भरा चांद! पेड़, पहाड़, मकान—सब चांदनी में नहाकर कितने उजले

हो गये थे! झील में डूबी प्रशान्त नगरी कितनी मोहक लग रही थी—स्वप्नमयी!

तुम्हारा चेहरा मेरी ओर था अब। अपनी अधमुंदी पलकों से देखती पता नहीं किस स्वप्न में खोयी थी! दोनों हाथों से पतवार चलाता-चलाता मैं भी कहीं गहरे में डूब गया था। मुझे लग रहा था, जैसे ये हाथ मेरे नहीं हैं—किसी यन्त्र की सहायता से अपने आप चल रहे हैं···नाव पीछे की तरफ़ भाग रही है! सामने तुम नहीं बैठी हो—मैं कोई सपना देख रहा हूं···

दूर-दूर तक कहीं कोई प्राणी नहीं था! हां, दाहिने किनारे के पास काले-काले दो धब्बे-से चमक रहे थे, शायद दो नावें लौट रही थीं—मल्लीताल से।

''पानी पर जहां-जहां चांद का प्रतिबिम्ब पड़ता है, वहां-वहां पर एक साथ कितने तारे-से झिलमिलाने लगते हैं!'' तुमने छोटी बच्ची की तरह चहकते हुए कहा था—मुग्ध दृष्टि से देखते हुए।

मैं केवल तुम्हारी तरफ़ देख रहा था···

तुम्हारे सफ़ेद कपड़े इस समय कितने सफ़ेद लग रहे थे! सुनहरे बाल चांदी के रेशों की तरह हवा में उड़ रहे थे। चांद ठीक तुम्हारे चेहरे पर चमक रहा था लगता था, तुम्हारी आकृति से किरणें-सी फूट रही हैं!

तुम चुप थी।

केवल पतवार चलाने की छप्-छप् आवाज़ आ रही थी।

मेरी ओर घूरकर तुम इस प्रकार देख रही थी, जैसे तंद्रा में हो। पता नहीं कभी-कभी क्या हो जाता था तुम्हें, जैसे किसी ने जादू से सम्मोहित कर दिया हो! तुम मेरी तरफ़ निर्निमेष देख रही थी और उसी तरह टूटी-टूटी क्षीण-सी आवाज़ में कुछ बोलती जा रही थी कि मैं परेशान हो उठा।

''मेरा हाथ छुओ!'' खोये-खोये-से स्वर में बुदबुदाते हुए तुमने कहा था और अपनी नन्ही-सी हथेली मेरी ओर हवा में बढ़ा दी थी।

पतवार को छोड़कर मेरा हाथ स्वचालित यन्त्र की तरह आगे बढ़ गया था। तुम्हारी हथेली को मैंने छुआ। वह बर्फ़ की तरह एकदम ठंडी लगी। एक अजीब-सी सिहरन हुई—सारे शरीर में।

हाथ पीछे की ओर समेट ही रहा था कि उसी आवाज़ में तुमने फिर कहा था, ''हटाओ नहीं···ऐसे ही रखे रहो···मुझे अपनी ओर देखने दो···देखने दो न···!'' दबी आवाज़ में तुम कराह-सी पड़ी थी।

पागल तो नहीं हो गयी!

तुम्हारी इस स्थिति से मैं घबरा उठा था।

"आपके माथे पर पसीना झलक रहा है…पोंछ दूं…!" मेरी प्रतिक्रिया की प्रतीक्षा किये बिना ही तुम अपनी जगह से उठने लगी तो नाव डगमगा आयी थी।

"नहीं-नहीं!" मैं चिल्ला पड़ा था, "हिलना-डुलना नहीं! नाव उलट जायेगी!" मैंने डपटकर कहा तो तुम उन्हीं घूरती आंखों से देर तक देखती रही थी।

तभी पता नहीं तुम्हें क्या सूझा, दोनों हाथों से तुमने कसकर पतवार पकड़ ली थी, "आपको मरने से डर लगता है?"

"ना!"

"तो अच्छा है, साथ-साथ मर जाएंगे। आपके साथ मरने में मुझे तनिक भी कष्ट न होगा। आप नहीं समझ सकते कि मैं आपको…सच, मैं…?" भीगी पतवार पर माथा टिकाकर तुम सिसकने लगी थी।

"मे-हा!"

प्रत्युत्तर में तुमने कुछ भी नहीं कहा।

"मे-हा…!" मैंने तनिक ऊंचे स्वर में कहा तो इस बार तुम बिफर पड़ी थी, "बिना बात आप डांटते रहते हैं…किसी दिन मैं इसी ताल में डूबकर आत्महत्या कर लूंगी…उस लड़की से आपने इसीलिए शादी से इनकार कर दिया था, क्योंकि वह मेरे जैसी थी! क्या मैं इतनी बुरी हूं…!"

मेहा! तुम रो रही थी।

'बोट हाउस क्लब' के पास नाव किनारे लगी तो बूढ़ा नाविक प्रतीक्षा में बैठा दीखा। पैदल वह कब का पहुंच चुका था और हम नाव से अब लौट रहे थे—इसलिए उसके झुर्रियों से ढंके, सूखे सेब की तरह सिकुड़ आये चेहरे पर झुंझलाहट के चिह्न साफ़ झलक रहे थे।

कुछ पैसे और चुकाकर मैं आगे बढ़ गया था। तुम मुझसे दो-तीन कदम पीछे-पीछे चल रही थी।

पता नहीं हर बार ऐसा क्यों होता है?

मेरी समझ में नहीं आ पा रहा था। जब-जब तुमसे मिलता, प्रारम्भ में

प्रफुल्लता का जो वातावरण रहता, अंत तक आते-आते वह एक प्रकार की गहरी उदासी में क्यों बदल जाता था?

घाट की सीढ़ियों के ऊपर 'वीपिंग-विलो' के कुछ झबरैले वृक्ष पानी में सिर डुबोए, बिलकुल नीचे तक झुक गए थे। उनके ऊपर घुमावदार छोटी-छोटी आठ-दस सीढ़ियां थीं, तब कहीं आता था—फ़्लैट का बजरी वाला सपाट मैदान।

पूरा चांद होने के कारण आज वहां अंधेरा नहीं था, फिर भी तनिक एकान्त तो था ही।

तुम्हारे चेहरे पर थकान-सी उभर आयी थी। नीचे से सहारे के लिए तुमने हाथ ऊपर बढ़ाया तो मैंने थाम लिया था।

झटके के साथ ऊपर आने के बाद भी तुमने हाथों को छोड़ा नहीं। अपनी हथेलियों के बीच थामकर चुपचाप सहलाती रही थी।

कुछ क्षण सहलाने के बाद तुमने हाथों की तरफ़ सिर नीचे झुकाया ही था कि लगा, धधकता अंगारा-सा छू गया है।

मैंने अचकचाकर हाथ खींच लिया तो तुम कितना खिलखिलाकर हंस पड़ी थी!

तब मात्र एक पल के लिए तुम्हारे बिखरे बाल हवा में लहराते हुए चेहरे पर उलझ आए थे। तुम्हारे उन रूखे बालों से एक प्रकार की कैसी सुगंध आ रही थी।

सारे रास्ते-भर वह सुगंध मेरे चारों ओर महकती रही।

होस्टल के अधिकांश कमरों की बत्ती बुझ चुकी थी। वक़्त शायद अधिक हो गया था। चौकीदार लालटेन थामे वार्डन की खोयी गाय ढूंढ़ रहा था, अकेला। हाथ में मोटा डंडा लिए पागलों जैसा लग रहा था। 'जीवाणु' बाथरूम से आता हुआ अपनी अंगुली-भर की टॉर्च मेरे हाथ में थमाकर पता नहीं कहां अंतर्धान हो गया था।

कुछ पल धोबीघाट की चौकियों के पास खड़ा रहकर मैं कमरे की ओर बढ़ा।

दरवाज़े पर बाहर से ताला नहीं था, भीतर गहन अंधेरा।

हौले से किवाड़ खोलकर मैंने टॉर्च जलायी ही थी कि सुहास की चारपाई पर मोटा लिहाफ़ फैला दीखा।

मैं स्विच की तरफ़ अभी बढ़ ही रहा था कि चारपाई के पांवों की तरफ़,

लिहाफ़ से बाहर आये दो पांव दीखे। जिज्ञासा से कुछ और निकट जाकर झांका तो उन्हीं के साथ लगे छोटे-छोटे दो सफ़ेद पांव और दिखलायी दिए।

अनुमेहा! नहीं, उसे तो अभी-अभी छोड़कर आया हूँ!

मेरा दिल धड़कने लगा। शरीर पर ठंडा पसीना-सा उभर आया था।

अंधेरे से उलटे पांव बाहर की ओर लपका। जल्दी से किवाड़ बन्द कर आंगन में उतर आया।

10

कुछ सामान मैंने समेट लिया था। पुस्तकें एक ओर रख ही रहा था कि 'द प्रोफ़ेट' के भीतर काग़ज़ का एक छोटा-सा टुकड़ा दीखा। पेंसिल से तुम्हारा-जैसा लिखा। पता नहीं तुमने कब रख दिया था!

"…भैया इधर बहुत पीने लगे हैं। डैडी कितना कुछ छोड़ गए थे, सब उन्होंने समाप्त कर दिया है। नशे की हालत में मम्मी पर हाथ उठाने लगते हैं। मम्मी दिन-रात रोती हैं। मैं वहां होती तो…" इससे आगे का हिस्सा फटा हुआ था।

एक बार, दो बार—बार-बार उसे पढ़ा और फिर न जाने क्या सोचकर उसी तरह उसे सहेजकर रख दिया था।

किताबों के ऊपर किताबें—ईंट की तरह चिन ही रहा था कि सुहास आ धमका, "गुरु, यह क्या?"

मैंने कोई उत्तर नहीं दिया था। अनमने भाव से, उसी गति से हाथ चलते रहे।

"डेरा बदल रहे हैं क्या?" उसने सहज विस्मय से पूछा।

"नहीं, कमरा बदल रहा हूं।"

"क्यों, कहां जा रहे हैं?"

"पीछे वाली रौ में…"

"वहां तो एक भी कमरा ख़ाली नहीं। फिर उधर सीलन कितनी है। धूप तो आती ही नहीं…।"

"हां-आं…।" इससे अधिक मैंने कुछ नहीं कहा था।

बाएं किनारे का एक कमरा अर्से से ख़ाली था। कहते हैं, गत वर्ष 'बेरी-बेरी' की बीमारी से पिथौरागढ़ का एक छात्र वहां मर गया था, तब से उसमें कोई नहीं गया था।

"वार्डन से पूछ लिया··· ?"

"हां।"

मैं उसी तरह सामान बांधता चला जा रहा था। मेरे बक्से के पीछे टूटी हुई चूड़ियों के कुछ टुकड़े पड़े थे। शराब की छोटी-छोटी दो चपटी शीशियां।

शायद सुहास या सुहेल ने कभी पीकर फेंक दी हों!

सुहास ने फिर कोई प्रतिरोध नहीं किया। सिगरेट सुलगाता हुआ बाहर चला गया।

सचमुच ही यह कमरा सीलन-भरा था—अंधेरा। कितनी बदबू थी। चारों ओर मकड़ी के जाले उलझे हुए थे। चौकीदार ने उन्हें साफ़ किया तो मैं सामान सजाने लगा।

सामान भी क्या था—कुछ किताबें, एक बक्सा, एक बिस्तरा।

रात को देर तक पढ़ता रहा। सोया तो नींद आयी नहीं।

कल जो कुछ घटित हुआ, उससे मन बड़ा खिन्न था। सारे होस्टल में यही चर्चा थी। वार्डन तक को शायद पता चल गया था। इसलिए मैंने जब कमरा बदलने की बात कही तो वार्डन ने आपत्ति नहीं की कि प्रथम वर्ष के छात्र को अकेला कमरा नहीं दिया जा सकता।

जंगल में घास काटने तथा लकड़ियां तोड़ने वालियों के साथ उसके कई किस्से प्रचलित थे। कॉलेज की लड़कियां छेड़ने में भी वह काफ़ी यश अर्जित कर चुका था।

मैंने एक दिन तुमसे ज़िक्र किया तो देर तक मुंह भींचकर हंसती रही थी।

"मुझसे एक दिन कहता था," तुमने कहा—"मेहा, चल, तुझे तैरना सिखला दूं।"

"मुझे तैरने का शौक नहीं···

"मैंने कहा, तो जानते हो क्या कहने लगा—सीखेगी तो शौक अपने आप पैदा हो जाएगा। तू यहीं ज़मीन पर सीधी लेट जा और मछली की तरह

हाथ-पांव हिला···!

"मेरे मना करने पर वह मुंह फाड़कर हंसने लगा—तू तो निरी-निरी बुद्धू है। जीवन में कुछ नहीं कर सकेगी।

"कुछ रुककर वह फिर बोला—अच्छा, तू इधर आ! अपनी आंटी के पिंजड़े में से एक खरगोश बाहर निकालकर छोड़ दे। फिर तुम और हम दोनों मिलकर झाड़ियों में उसे खोजेंगे। सच, बड़ा मज़ा आयेगा···!

"नहीं-नहीं···! मैंने सिर हिला दिया तो जोकरों की तरह अजीब-सा लम्बूतरा मुंह बनाकर झींकता हुआ चला गया।

"आप ताज्जुब करेंगे, उस दिन अंकल और आंटी घर पर नहीं थे। इसने नयी नौकरानी को बहकाकर, सचमुच में एक छोटा-सा खरगोश भगा दिया था और उसके साथ सारा दिन झाड़ियों में भटकता रहा था।" कहते-कहते तुम हंसने लगी थी।

"घर के पास बाड़े में ही क्यों नहीं छोड़ा··· ?"

"मेहमान जो आये थे। एकान्त कैसे होता?" तुम शरमाकर फिर हंस पड़ी थी।

"आंटी से एक दिन कह रहा था," तुमने तनिक सोचते हुए कहा था, "आप चिन्ता क्यों करती हैं? बच्चा होने की दवा मैं ले आऊंगा अपने घर से। एक ही डोज़ में एक साथ दो होंगे···! बेशरम कहीं का!"

जब तुम यह सुना रही थी, मुझे सहसा याद आयी उस दिन की घटना। डॉक्टर दत्ता शायद नैनीताल से बाहर गए थे। मैं एक दिन शाम को किसी ज़रूरी काम से 'ब्लू कॉटेज' आया था। तुमसे कुछ कहना था। बैठक वाले कमरे से भीतर जा ही रहा था कि तुम्हारे नन्हे-से नौकर ने दरवाज़े पर रोक दिया था—"भीतर जाने के लिए मेम साहब ने मना किया है।"

"क्यों··· ?"

"पता नहीं।" वह दरवाज़े पर खड़ा हो गया था।

मैं कुर्सी खींचकर बैठ गया था, असमंजस में डूबा। कुछ-कुछ आहत और अपमानित-सा भी अनुभव कर रहा था।

तभी मैंने देखा—भीतर से जल्दी से द्वार खुला। अपने अस्त-व्यस्त कपड़े संभालता हुआ सुहास, तीर की तरह बाहर निकल गया था।

मैं भीतर पहुंचा तो तुम्हारी आंटी पलंग पर पसरी अपने बिखरे हुए वस्त्र

ठीक कर रही थीं और पास के ही अपने अकेले कमरे में बैठी तुम चुपचाप रो रही थी···

11

सुबह अभी सोया हुआ ही था कि किसी ने दरवाज़ा खटखटाया। देखा—सुहास खड़ा है।

ग़मगीन चेहरा! बिखरे हुए बाल! उनींदी लाल आंखें, जैसे रात-भर सोया न हो।

''विराग, क्या तुम सचमुच बुरा मान गये?''

''नहीं-नहीं!'' मैंने आंखें मलते हुए कहा।

''मुझे सारी रात नींद नहीं आयी, पंडत!'' अपनी अंगुलियों से बिखरे बालों को पीछे फेंकते हुए वह बोला, ''यह ठीक है यार, मैं बुरा हूं। यह भी ग़लत नहीं कि एक-एक क्लास में दो-दो, तीन-तीन साल लगा रहा हूं। घरवालों ने मेरी हरकतों से तंग आकर, अपना पिंड छुड़ाने के लिए यहां भेज दिया है। इस बारे में भी दो राय नहीं हो सकतीं कि दुनिया का कोई भी ऐब मुझसे छूटा नहीं है। लेकिन, गुरु, मैं भगवान् को साक्षी रखकर कह रहा हूं, इतना अपमानित मैंने जीवन में अपने को कभी अनुभव नहीं किया, जितना आपके जाने पर! ···आप सज्जन हैं न! आपके संसर्ग में मैं अपने में बहुत बड़ा परिवर्तन अनुभव कर रहा था। ···लोगों ने मुझे कभी आदमी नहीं समझा। आपके अलावा मुझे कभी किसी ने अपनापन नहीं दिया, न इतनी इज़्ज़त ही···!'' उसका गला कहते-कहते भर आया था।

''इस कमरे में केवल पढ़ने की सहूलियत से आया हूं···'' मैं कह ही रहा था कि वह सहसा बोल पड़ा, ''वहां कौन-सी असुविधा है! आप आराम से रहिए! पढ़िए। मैं आपको डिस्टर्ब नहीं करूंगा। अपनी बुरी लतों से तो मुझे छुटकारा मिलने से रहा। हां, इसका प्रॉमिस करता हूं कि जब तक आप हैं, कमरे में कोई बदतमीज़ी नहीं करूंगा अब।''

मेरे कुछ कहने से पहले ही उसने चारपाई पर बिछा बिस्तर गोलाई में लपेटा और बक्से का कुंडा पकड़कर बाहर की तरफ़ चल दिया।

अनमने भाव से मैं चला गया, परन्तु अब उस कमरे से लौटना मुझे तनिक भी अच्छा नहीं लग रहा था···

अभी तीसरा दिन भी बीता न था कि अपने बक्से के पीछे मुझे फिर एक रीती बोतल दिखलाई दी थी। उसी के साथ एक अधलिखा पत्र भी गिरा था—कल्पना सिंह के नाम। शेरवुड की तरफ़, पानी की टंकी के पास मिलने का समय निश्चित किया था···सुहेल के कमरे में कल रात बीड़ी में भरकर अत्तर की दम लगा रहा था। 'जीवाणु' भी साथ दे रहा था। ···इस बात की बड़ी चर्चा थी कि वार्डन की जो गाय खो गयी थी, रात के अंधियारे में इसी ने उसे चुपके से खूंटे से खोला था और अकेले ही पाइन्स तक खदेड़ आया था।

"लोग कहते हैं कि···।" एक दिन मैं कह ही रहा था कि वह बोल पड़ा, "वार्डन की कामधेनु मैंने भगा दी, यही न!" वह हंस पड़ा, "गुरु, उस पुराने वाले बुड़ज्यू चौकीदार का हिसाब इस काइयां ने नहीं दिया तो गाय तो भागनी ही थी। आश्चर्य की बात तो तब होती, जब गाय खूंटा तुड़ाकर नहीं भागती···! हो-हो!" वह हंस पड़ा था।

कोर्स की किताब परे पटककर, उसने कहानियों की कोई पुस्तक उठा ली थी, जिसके भीतर वाले पहले पेज के बाएं सिरे पर, सबसे ऊपर तुम्हारा नाम लिखा था।

शायद तुम्हारे घर से उठा लाया हो!

12

परीक्षाएं अब शुरू होने ही वाली थीं। हम लोग मल्लीताल से लौट रहे थे। रात के नौ बजने वाले थे। शायद बज भी गए हों तो आश्चर्य नहीं!

सब जल्दी-जल्दी चल रहे थे—पूरी रफ़्तार से। भोजन का वक़्त कब का बीत चुका था।

माल रोड के किनारे, दीवार को तोड़कर उग आये बांज के वृक्ष के तने पर चिपकाये गए सादे पोस्टर देख रहा था। सम्भवतः 'रॉक्सी' के पास से गुज़र रहे थे हम।

इतने में ऊपर से भीड़ का रेला छूटा। शायद 'शो' ख़त्म हुआ हो! नीचे माल रोड पर उतरती भीड़ की ओर झांका ही था कि दीवार से सटी-सटी चलती तुम दिखलायी पड़ी थी!

और तुम्हारे साथ सुहास!

पीछे-पीछे तुम्हारे रिश्ते की एक छोटी बहन भी चल रही थी, जिसे शायद तुम लायी होगी अपने साथ।

अपनी आंखों पर विश्वास न हो पाया। मैं आगे-आगे चलता हुआ, मुड़कर पीछे झांक रहा था।

यह क्या देख रहा हूं—मुझे सच नहीं लग रहा था।

तुम दोनों खिलखिलाकर हंसते हुए नीचे उतर रहे थे।

मैंने दूर से, एक बार, अन्तिम बार मुड़कर फिर देखा तो केवल तुम्हारी पीठ दिखलायी दी थी। उसी के पास सुहास की। माल रोड के किनारे लगे तारों को छूती हुई तुम लम्बे-लम्बे डग भरकर लौट रही थी—उड़ती हुई-सी।

वह तुम थी, मेहा! मुझे तब सच नहीं लगा था। आज इतने वर्षों बाद भी सच नहीं लगता।

सपने बिखरते हैं तो मन कैसा-कैसा हो जाता है! भ्रम के टूटने के साथ-साथ कितनी यंत्रणा!

तुम किसी और के साथ हंस-हंसकर बातें भी कर सकती हो, इसकी कल्पना ही मेरे लिए असह्य हो आयी थी। शायद आज कोई त्योहार था। देर से आने वालों के लिए महाराजजी ने पहले से ही थालियों में भोजन रख दिया था।

हम लोग मैस में पहुंचकर खाना शुरू ही करने वाले थे कि पीछे से सुहास का-जैसा स्वर सुनाई दिया, "गुरु, खाने भी लग गए अकेले-अकेले!"

कोई उत्तर न देकर मैं उसकी ओर ताकता रहा।

वह आज बहुत प्रफुल्ल लग रहा था।

डाइनिंग-टेबल पर उसकी भी थाली लगा दी गयी थी। पहला कौर तोड़कर वह मुंह में डालने ही वाला था कि न जाने क्या हुआ! उसी की कुहनी से थाली उलट पड़ी और झन्न-से फ़र्श पर जा गिरी।

दूर-दूर तक सब्ज़ी बिखर गयी थी। कपड़ों पर तमाम छींटे-ही-छींटे!

मेरे होंठों तक कौर आता-आता ठहर गया था। मैंने उसकी ओर देखा—

कपड़े छिटकता हुआ वह उठ रहा था।

खाना इतना ही शेष था। अत: रूमाल से पैंट पोंछता हुआ वह बाहर की ओर निकल पड़ा था।

पता नहीं क्यों, मुझे थाली का गिरना, उसके कपड़े ख़राब होना और उसका भूखा ही उठकर चला जाना कहीं बहुत अच्छा लगा था!

यह पहला अवसर था, जब किसी की परेशानी से मुझे ख़ुशी का अहसास हुआ था। इतना नीचे भी गिर सकता हूं, मुझे सच नहीं लग रहा था…।

कमरे में आकर मुझसे पढ़ा नहीं गया। सुहास के सोते ही मैंने बत्ती बुझा दी और सोने का प्रयास करता रहा।

मेरा सारा विश्वास डगमगा रहा था।

हे भगवान्, ऐसा भी कहीं हो सकता है!

मेहा! क्या सचमुच वह तुम थी! हंसती हुई तुम! मुझे सब झूठ, एकदम झूठ लग रहा था।

भीतर अंधेरे में मेरा दम घुटने-सा लगा तो कमरे से बाहर निकल आया था। पता नहीं कब तक बदहवास-सा अंधेरे में भटकता रहा था!

एक जोड़ी अधमुंदी आंखें…आपको कोई कष्ट हो तो मैं सह नहीं सकूंगी… इसी तालाब में कूदकर किसी दिन आत्महत्या कर लूंगी…मुझे देखने दो न जी भरकर…!

इतना बड़ा छल!

इतना लुटा-लुटा-सा मैं क्यों अनुभव कर रहा था अपने को! बिस्तर में मुंह छिपाकर क्यों मैं बच्चों की तरह रोने लगा था?

इतनी छोटी-सी बात के लिए इतना अधिक मुझे नहीं सोच लेना चाहिए था न! सुबह उठकर मुझे लगा, यदि सुहास के साथ तुम पिक्चर चली भी गयी, तो क्या गुनाह हो गया?

पर, तुमने ही तो कहा था न कि वह…वह…अच्छा नहीं, बहुत बुरा है। फिर उसके साथ क्या तुम्हें इस तरह घूमना चाहिए था?

यह भी असम्भव नहीं मेहा, तुमने मुझसे झूठ बोला हो! छल किया हो। तुम्हारा वह चित्र जो मैंने कभी फाड़ दिया था, तुमने सुहास को ही दिया हो!

नहीं-नहीं, तुम झूठ नहीं बोल सकती। मुझसे झूठ बोलकर तुम्हें क्या मिलेगा?

मैं न सुबह पढ़ पाया और न कॉलेज में ही। शाम को 'ब्लू कॉटेज' के पास तक पहुंचकर पांव अपने आप मुड़ आये थे—पीछे उसी दिशा में, जहां से अभी-अभी आ रहा था। झील के किनारे एकान्त में लोहे की ठंडी बेंच पर बैठा-बैठा धुंधलाती लहरों की ओर अपलक देखता रहा था···।

दूसरे और तीसरे दिन भी न गया तो रात को सुहास ने कहा, "विराग, पढ़ाने नहीं जा रहे क्या? डॉक्टर दत्ता बहुत याद कर रहे थे···।"

"यार, तबीयत ठीक नहीं।"

"तब तो ज़रूर जाना चाहिए। डॉक्टर साहब को दिखला लेते···।"

".अब इम्तहान भी है। शायद मैं नहीं जा पाऊंगा···।"

"यह क्या कह रहे हो? हो आओ न!" उसने तनिक ऊंचे स्वर में आत्मीयता के साथ कहा।

चौथे दिन न चाहते हुए भी जाना पड़ा। पता नहीं डॉक्टर दत्ता का क्या काम हो!

पर वह घर में नहीं दीखे तो मुझे बड़ी राहत-सी मिली थी।

अपनी मेज़ पर माथा टिकाए तुम बैठी थी। कमरे में मेरे प्रवेश करते ही तुमने सिर ऊपर उठाया। तुम्हारी आंखों में एक साथ कितने ही प्रश्न उभर आये थे।

"इत्ते दिन कहां रहे? सच, मैं तो घबरा गयी थी!" अपने मुरझाये होंठों पर फीकी-सी मुसकान लाते हुए तुम कह रही थी, "इत्ती परेशान मैं कभी नहीं रही···।" तुम्हारे चेहरे पर आतंक का अजीब-सा भाव था।

"..."

"परसों मैंने एक सपना देखा—!" कहते-कहते तुम्हारी आंखें बड़ी-बड़ी हो आयीं, "सच्ची, मैंने देखा था—चीनापीक से दो आदमी नीचे लुढ़क गये हैं। क्षत-विक्षत। लहूलुहान। चेहरे भी साफ़ पहचाने नहीं जा रहे हैं। फिर भी देखते ही मैं पहचान गयी थी—एक शव आपका था, एक मेरा। ···मेरी आंखें मुंदी हुई थीं। धूल से सने बाल रक्त में डूबकर बटी हुई रस्सी की तरह कठोर हो आये थे···। पर मैं अपनी ओर नहीं, आपकी तरफ़ देख रही थी। आपकी लाश लोग उठाकर ले जाने लगे तो मैं धाड़ मारकर रो पड़ी थी···।"

यह सब कहते समय तुम्हारी प्रशान्त आकृति में कितना आतंक उभर आया था! तुम्हारा सारा शरीर कांप रहा था, "सच, चीखते ही मेरी नींद खुल गयी थी। अंकल मेरे पसीने से भीगे तपते माथे को सहला रहे थे··· !"

तुम मेरे चेहरे की ओर भय से देख रही थी।

"बतलाइये, ऐसा सपना क्यों आया होगा?" तुमने नन्ही बच्ची की तरह देखते हुए पूछा था।

उस दिन यों ही कुछ प्रश्नों के उत्तर लिखाकर मैं चला गया था।

दूसरे दिन तुमने तनिक उलाहने से कहा था, "आप क्या मुझसे नाराज़ हैं?"

"नहीं तो··· !"

"फिर बोलते क्यों नहीं?"

"क्या बोलूं··· ?"

"क्या कुछ भी नहीं रहा अब?"

"हां, सब समाप्त हो गया।" मैं गम्भीरता से कह रहा था, पर तुम थी कि हंसने लगी थी, "ठीक ऐसे डायलॉग लोग फ़िल्मों में बोलते हैं न! उस दिन आंटी कह रही थीं—आपका फेस कितना फ़ोटोजेनिक है! फ़िल्मों में चले गये होते तो अब तक हीरो बन जाते!"

"..."

"आप नहीं बोलेंगे?"

"ना।"

तुम 'ना' सुनते ही कितनी गंभीर हो गयी थी। परन्तु सहसा पता नहीं तुम्हें क्या याद आ पड़ा, "सुना है, कल पाषाण देवी में एक नाव उलट गयी थी। नयी-नयी शादी करके, बेचारे हनीमून मनाने यहां आये थे··· ।"

"..."

"उस दिन हमारी नाव उलट जाती तो सच क्या होता?" जिस गम्भीरता से तुमने पूछा था, उसी गम्भीरता से मैंने उत्तर दिया था, "बहुत अच्छा होता··· ।"

"सच्च-ई!" तुम हंस पड़ी थी। एकदम कपास की तरह कितनी हलकी हो आयी थी!

"कल सुहास के साथ हम बोटिंग के लिए गये थे। सच, बड़ा मज़ा आया!" कुछ रुककर तुमने कहा था।

मैं तुम्हारे चेहरे की ओर टकटकी बांधे देख रहा था।

"पढ़ना नहीं···?" तनिक डपटते हुए मैंने कहा तो फिर तुम पानी से भरे बादलों की तरह गम्भीर लग रही थी। क्षण-क्षण में तुम कितना बदल जाती थी। उस समय तुम्हें देखकर लगता नहीं था कि तुम वही मेहा हो, जो अभी-अभी चिड़िया की तरह चहक रही थी।

तुमने अनमने भाव से कॉपी खोली। बस्ते से पेंसिल निकाली और उस पर आड़ी-तिरछी रेखाएं बनाकर बार-बार काटती चली जा रही थी।

"परसों मम्मी आयी थीं बरेली से!" तुम व्यर्थ की रेखाएं खींचती हुई खोयी-खोयी-सी कह रही थी, "मैं सोच रही थी, आप आते तो आपको अवश्य दिखलाती। मेरी मम्मी का स्वभाव कितना अच्छा है! आप मिलते तो ख़ुश हो जाते···।"

मैं किताब खोलकर पढ़ाने लगा था अब।

मेरा मन पता नहीं क्यों इतना परेशान था! पढ़ाकर मैं उठने लगा तो तुम भी मेरे साथ-साथ उठ पड़ी थी। भीतर वाले दरवाज़े तक मुझे छोड़ने आयी थी, "मम्मी की तबीयत ठीक नहीं। अंकल कैंसर की-जैसी कोई बीमारी बतला रहे थे···! कैंसर में आदमी अधिक नहीं जीता है न!"

एक गहरी सांस लेकर मैं बाहर निकल आया था।

13

सुहास ने एक छोटी-सी काष्ठ-प्रतिमा मेरी ओर बढ़ाते हुए पूछा, "कैसी है?"

देखते ही मैं धक्-से रह गया।

"अच्छी है!" यों ही कहने भर के लिए कहा मैंने।

"कितने की होगी?"

मैं कोई उत्तर न दे पाया।

अपनी हथेली पर रखकर, बार-बार उलट-पलटकर उसने प्रतिमा को चारों ओर से फिर देखा, "चॉयस की दाद देता हूं, गुरु! आपको पसन्द है?"

मैं यों ही हंस दिया था।

"अध्यात्म-पुरुष हैं न आप! इसलिए यह आपके ही योग्य है। मेरे तो छूने मात्र से अपवित्र हो जायेगी···!" वह हंस पड़ा था, अपनी सदा की उन्मुक्त हंसी में।

मेरी पुस्तकों के ऊपर, बड़े जतन से उसने मूर्ति रख दी—कुतुबमीनार की तरह, "इसे कभी देखेंगे तो इस दुष्टात्मा की याद आ जायेगी···।" वह फिर हंस पड़ा था।

दीवार पर कील के सहारे टंगे शीशे में अपना प्रतिबिम्ब देखता हुआ वह टाई की गांठ ठीक करने लगा। कंघी करने के बाद अपने ऊपर उठे बालों को हथेली से हौले-हौले थपथपाता हुआ वह बोला, "शायद आज देर हो जायेगी—ख़ुदा हाफ़िज़!" वह बाहर चला गया था।

जब भी वह ख़ुश होता, विदा होते समय इसी शब्द का प्रयोग किया करता था।

अभी तक भी मैं इस प्रतिमा की ओर अपलक देख रहा था—भगवान् बुद्ध की यह मूर्ति हू-ब-हू वैसी ही···नहीं-नहीं, वही थी जो कल मल्लीताल से मैंने ख़रीदी थी—फिर मेरे ही पास लौट आयी थी आज।

उस दिन मैं तुम्हें पढ़ाने से उठ ही रहा था कि मेरी ओर देखते हुए तुमने धीरे से कहा था, "आपके पास कुछ पैसे हैं?"

अपनेपन की जिस गहरी भावना के साथ तुमने कहा था, वह मुझे ही दूर तक छू गयी थी।

"क्या चाहिए?" मैंने उसी आत्मीय स्वर में पूछा था।

"कुछ ज़रूरी काम है।"

"फिर भी···!"

"किसी के बर्थ-डे में एक प्रेज़ेण्ट देना है।"

"आज ही···?"

"ना-ना, कल तक भी चलेगा।"

मैं पल-भर असमंजस में डूबा सोचता रहा। इन कुछ ही क्षणों में कितना कुछ नहीं सोच गया था मैं! फिर भी मैंने कहा, "कल दे दूं तो···?"

"चलेगा···।"

दरवाज़े तक जाते-जाते मैं ठहर गया था। तुमसे मुड़कर पूछा था, "कितने चाहिए?"

तुम हंस पड़ी थी, उसी अम्लान हंसी में, "दो-तीन करोड़, बस्स!"

मैं भी अपनी हंसी रोक न पाया था, "बस्स, यह तो बहुत ही कम है…!"

यह सुनते ही तुम कितनी हलकी हो आयी थी—खिलखिलाकर हंसती हुई।

"हां, मुझे तो वक्त मिलेगा नहीं। आप ही कुछ ले आइयेगा न!"

तुम्हारा यह कहना कितना अच्छा लगा था।

मुझे लग रहा था, अपनेपन का यह अधिकार अभी तक भी तुम्हारे हृदय के कोने में मेरे प्रति सुरक्षित है।

"जो मैं लाऊंगा, तुम्हें पसन्द आयेगा?"

"क्यों नहीं… ?"

दो कदम चलकर मैं फिर लौट आया था, "हां, यह तो बतलाया नहीं, किसे देना है, अपनी सहेली या… ?"

"जो दोनों के काम आ सके, ऐसा ले आइयेगा—ड्राइंगरूम में रखने जैसा!"

तुमने मुझसे ही क्यों कहा, सुहास से भी तो कह सकती थी! वह तुम्हारे लिए क्या-क्या नहीं कर देता, पर…मैं जैसे एक ही परिधि पर निरन्तर घूमने लगा था—चकई की तरह।

पर मेरे पास तो आज कुछ भी नहीं था।

अपनी कुछ किताबें बेचकर मैं उपहार लाया तो तुम कितनी प्रसन्न हो उठी थी!

"ऐसा ही कुछ चाहती थी मैं? ठीक ऐसा ही! सुहास का आज बर्थ-डे है! मुझे कब से छेड़ रहा था कि मेरे बर्थ-डे पर क्या उपहार दोगी! सच, इसे देखकर वह कितना खुश हो जाएगा!" तुमने मेरी ओर देखते हुए पता नहीं किस औपचारिकता में कहा था, "थैंक्यू…!"

मुझे लगा था, जैसे 'थैंक्यू' के साथ-साथ एक चांटा भी जड़ दिया हो तुमने…!

पुस्तकों के ऊपर रखी काठ की उसी प्रतिमा की ओर मैं टकटकी बांधे देख रहा था। प्रतिमा हाथ में लेकर निरखता-परखता रहा—कितनी दुकानें टटोलीं इसके लिए! इम्तहान के दिनों का कितना समय नष्ट किया! उन बहुमूल्य पुस्तकों को मिट्टी के भाव तौलकर बेच दिया, जिन्हें मैंने कितने वर्षों से सहेजकर रखा था—विवेकानन्द, जिब्रान, उपनिषद्-भाष्य…! क्या

इसके लिए, इसी सबके लिए··· ?

मैं पता नहीं रौ में बहता क्या-क्या सोचता रहा! मुझे होश तब आया, जब मेरी मुट्ठियों में अनायास आ गए दबाव के कारण काठ की यह मूरत टूट गयी थी। नुकीले टुकड़े चुभने के कारण मेरी दाहिनी हथेली से लहू बह रहा था। मुझे न पीड़ा का अहसास हो रहा था, न किसी और तरह का कोई दर्द ही। जैसे वह हथेली मेरी नहीं, किसी और की हो! वह रक्त की नहीं, रंग की धार हो!

14

गांव आकर मैं अपने को कितना बिखरा अनुभव कर रहा था! जब भी तनिक एकान्त आता, सहसा सामने तुम खड़ी हो जाती!

तुम्हारी अधमुंदी पलकें, दूधिया चेहरा, बिखरे-बिखरे बाल—मुझे साफ़ दिखलाई देते!

एक विचित्र-सी यन्त्रणा की लपटों से गुज़र रहा था मैं। जो सपना तुमने कभी देखा था, वही बार-बार क्यों परेशान कर रहा था? मैंने कितनी बार खुली आंखों से उसे घटित होते हुए देखा था! वे आकृतियां हमारी होते हुए भी मुझे क्यों परायी-सी लगती थीं, जैसे किसी और की हों!

सुबह-शाम अकेला ही निर्जन वनों की तरफ़ निकल पड़ता। देर तक, दूर-दूर तक भटकता रहता।

मुझे सब में अब एक विचित्र-सा परिवर्तन अनुभव हो रहा था। बर्फ़ीली चोटियों का चमकता रंग मुझे धुंधला-धुंधला-सा लगता! पेड़ अपरिचित-से दीखते, पत्थर की कठोर चट्टान पर टकराता जल एक अजीब-सी अनुभूति जगाता।

चीड़ की ज़मीन पर बिखरी हुई सूखी पत्तियों पर, पीठ के बल लेटकर, हवा के झोंकों के साथ नीचे तक झुकते चीड़ के पेड़ों की चोटियों की ओर विचित्र-सी जिज्ञासा से देखता रहता।

एक साथ तुम्हारे कितने ही चेहरे उभरने लगते थे तब! रंगीन, रंगहीन बादलों में, रंग बदलती बर्फ़ीली चोटियों में, दूर-दूर तक फैले नीले-नीले पहाड़ों के धुंधलके में—घिरते अंधियारे में···

शापग्रस्त यक्ष की तरह अपने को मैं कितना अवश और असहाय अनुभव करने लगता था तब!

मुझे लगता था, अपनी इन अन्तहीन यातनाओं का कारण मैं नहीं, कोई और है। उस 'और' में न तुम शामिल थी और न सुहास ही। कभी-कभी महसूस होता, जैसे मेरी परिस्थितियां, मेरे संस्कार ही इस सबके लिए दोषी हों। इसलिए तुम पर मेरा आक्रोश कभी भी देर तक टिक नहीं पाया था।

तुम वही तो कर रही थी, जो तुम्हें करना चाहिए था। मैंने ही तुम्हें गलत समझा तो फिर दोष किसे देता?

उस दिन रविवार था न? सुहेल के साथ 'लैण्ड्स-एण्ड' गया था। सुहेल के गले में माला की तरह दूरबीन लटक रही थी। पहाड़ के उस अन्तिम सिरे पर, जहां धरती की सीमा-रेखा टूटती हुई-सी लगती, लोहे के मोटे-मोटे पाइप लगे थे—घुटने-घुटने ऊंचे सीमेण्ट के खम्भों के सहारे। सड़क यहां पर समाप्त हो जाती थी न! इसलिए नीचे खाई में झांकने पर भय-सा लगता था।

पाइप का सहारा लेकर मैं खड़ा था। खुरपापाताल की झील कितनी छोटी लग रही थी—पिचकी हुई थाली जैसी! सुहेल ने दूरबीन मेरी ओर बढ़ा दी तो आंखों पर लगाकर मैं दूरी कम करने का प्रयास कर रहा था। कुछ लोग पगडण्डी पर तेज़-तेज़ कदमों से चल रहे थे, दूधिए जैसे लगते थे। ढलान पर एक घोड़ा घास चर रहा था। उन्हीं के पास घास पर दो रंगीन धब्बे-से दिखलाई दे रहे थे। गोलाई में घुसाकर ज्यों-ज्यों लेंस ठीक कर रहा था, त्यों-त्यों आकृतियां भी स्पष्ट उभरकर आ रही थीं।

एक आकृति सुहास की-जैसी थी, वैसे ही बाल, उसी तरह के कपड़े, दूसरी तुमसे कितनी मिलती-जुलती थी!

वह तुम कैसे होती, अनुमेहा! तुम तो पटवाडांगर गयी थी, अपनी जिज्जी से मिलने।

कभी-कभी कितना खूबसूरत भ्रम होता है! मैंने झट गर्दन दूसरी ओर घुमा ली थी।

"अंकल कह रहे थे, क्या मुझे छुट्टियों में बरेली तक नहीं छोड़ देंगे? वहां से आप टनकपुर के रास्ते अपने घर चले जायेंगे!"

तब बसें सीधे बरेली तक नहीं जाती थीं। काठगोदाम से ट्रेन पकड़नी पड़ती थी न!

"..."

"आपको अपना घर दिखलाऊंगी। अपनी छोटी-छोटी गुड़िएं—जिनके साथ मैं बचपन में खेला करती थी, वे अब तक मैंने सहेजकर रखी हैं। इत्ती सुन्दर, आर्टिस्टिक कि आप देखते ही दंग रह जायेंगे।"

"..."

"मम्मी आपको बहुत अच्छा मानेंगी। आपके बारे में मैंने उन्हें सब कुछ बतला दिया है कि आप मुझे कितनी मेहनत से पढ़ाते हैं! आपका स्वभाव कितना अच्छा है! नैनीताल की झील में आप आर-पार तैर लेते हैं! आप वहां के रहने वाले हैं, दिन-दहाड़े जहां बड़े-बड़े शेर घूमते-फिरते हैं···।" कहती-कहती अपने आप तुम हंसने लगी थी।

"..."

"आप कुछ नहीं बोलेंगे··· ?"

"..."

"आप अब कोई भी बात क्यों नहीं करते? मेरे किसी भी प्रश्न का उत्तर नहीं देते? क्या नाराज़ हैं?"

इस बार भी मैं चुप रहा तो तुम्हारा चेहरा रुआंसा हो आया। कितनी कातर दृष्टि से तुम मेरी ओर देखने लगी थी!

"अब यहां अधिक नहीं रह सकता, अनुमेहा!" मैं जैसे शून्य में बातें कर रहा था, "कल यहां से चला जाऊंगा, और फिर कभी भी लौटकर नहीं आऊंगा··· !" मैं कह ही रहा था कि तुम चीख-सी पड़ी थी सहसा, "क्यों, क्यों? क्या एक्ज़ाम नहीं देंगे··· ?"

"मेरा मन नहीं लगता। पढ़कर भी क्या करूंगा?"

"ऐसा क्यों कहते हैं?" अपने अधरों पर अंगुली टिकाकर तुम मेरी ओर देख रही थी।

"हर बात का कोई कारण ही हो, यह ज़रूरी है?"

"यह आप क्या कह रहे हैं? बिना कारण के भी क्या कभी कोई बात होती है··· ?" तुम्हारे होंठ स्वयं फड़कने लगे थे, "ऐसा न कहिए—बिलकुल नहीं। मुझे पढ़ाना पसन्द नहीं करते तो न पढ़ाइए। यहाँ आना अच्छा नहीं

लगता तो न आइए, पर यहां से जाइएगा नहीं! सच···सच··· !'' अपने दांतों के बीच निचला होंठ दबाकर तुम फूट पड़ी थी, ''भगवान् के लिए—ऐसा न कहिए··· !''

मेरे कंधे पर सिर टिकाकर देर तक तुम सिसकती रही थी और हतप्रभ-सा मैं लौट आया था होस्टल में।

मेरे कारण तुम्हें कोई कष्ट हो, यह कैसे हो सकता था!

बंधा हुआ सामान मैंने फिर बिखेर दिया था।

सोचा था, इस बार मेडिकल-सर्टिफ़िकेट देकर छुटकारा मिल जाएगा। फाइनल तक क्या होना है, किसने देखा!

पुस्तकें खोलकर फिर से पढ़ने बैठा कि सामने तुम खड़ी हो गयी। पुस्तकें बन्द कीं तो फिर तुम्हारी आकृति!

कमरे से बाहर निकलकर मैं टहलने-सा लगा था। रात की रानी कितनी महक रही थी! सब अपने-अपने कमरों में कैद, पढ़ने में जुटे हुए थे, केवल सुहेल के कमरे में ठहाकों के स्वर गूंज रहे थे।

विकास चाय के खोखे से लौटता हुआ मुझे भी खींचकर अन्दर ले गया।

अपने नए खींचे चित्रों को रस ले-लेकर सुहास सबको दिखला रहा था। अधिकांश तसवीरें तुम्हारी थीं—झील के किनारे नाव पर, लड़ियाकांटा, लैण्ड्स-एण्ड··· ! बिखरे हुए बाल, उड़ता हुआ आंचल, हंसती हुई तुम्हारी आकृति में पता नहीं मैं क्या खोजने लगा था!

उस क्षण एक अजीब-सी स्थिति से गुज़र रहा था मैं!

सुहास तुम्हारे बारे में बोल रहा था, अजीब-अजीब-से किस्से गढ़कर! तुम्हारे लिए ज्यों ही कोई अश्लील-सा गंदा शब्द उसने इस्तेमाल किया, पता नहीं क्या हुआ मुझे! मेरे सारे शरीर में आग की लकीर-सी गुज़र गयी! आंखों के आगे अंधेरा! तड़-से एक चांटा उसके गाल पर लगा कि वह ज़मीन पर लुढ़क पड़ा था।

उसके मुंह से तमाम बदबू-सी आ रही थी, शायद उसने आज फिर पी रखी थी! फिर भी मुझसे अकस्मात् यह क्या हो पड़ा, मुझे सूझ नहीं रहा था। सुहेल उसे उठा रहा था कि मैं हांफता हुआ अपने कमरे में लौट आया था। उस सारी रात मैं सो नहीं पाया। एक अजीब-से झंझावात से जूझता रहा।

सुबह पौ फटने से पहले अपना सामान समेटकर मैं घर के लिए निकल पड़ा था।

''हं हो, विरा, क्या तू बिना परीक्षा दिए ही चला आया?'' पिताजी ने सहज विस्मय से पूछा तो मैं कोई भी उत्तर न दे पाया था।

''तुझ पर ही सारी आशाएं हैं।'' पिताजी ने एक गहरी सांस लेकर कहा, ''बच्चों का पेट काटकर, ज़मीन बेचकर तुझे पढ़ा रहे हैं और तेरे ये लच्छन!''

''आप परेशान क्यों होते हैं? अभी कुछ नहीं बिगड़ा। जून में फाइनल परीक्षा दे दूंगा।''

पिताजी ने इसके बाद इस सम्बन्ध में फिर कुछ नहीं पूछा।

अस्पताल से लौटने के पश्चात् अम्मा कितनी कमज़ोर हो गयी थीं! उनसे चला तक नहीं जाता था। वसंत प्राइवेट परीक्षा देने की सोच रहा था, किन्तु उसका सारा समय घर के कामकाज में ही निकल जाता!

''दद्दा, मुझे भी पढ़ा दो न! हिसाब में कमज़ोर हूं!'' एक दिन मुझे खाली देखकर कहा तो मैंने सिर हिला दिया।

वह भीतर आले पर रखी पुस्तक उठा लाया। मैं जब उसे पढ़ाने लगा तो फिर तुम सामने खड़ी हो गयी थी। तुम्हें भी इसी तरह पढ़ाया करता था न! पढ़ाते-पढ़ाते पता नहीं मैं कहां खो गया था! हर बार हर सवाल का उत्तर गलत निकल रहा था...

घर में सबकी निगाहें बचाकर, जंगल की ओर निकल पड़ता तो वहां भी तुम पीछा नहीं छोड़ती थी। किसी पेड़ के सहारे पीठ टिकाकर, आंखें मूंदे बैठ जाता तो तुम और भी निकट आकर सताने लगती। बिना अपराध के तुमने यह कितनी बड़ी सज़ा दे डाली थी, अनुमेहा! दिन-रात के चौबीस घंटों में क्या एक भी पल ऐसा होता, जब तुमसे मुक्ति मिल पाती थी!

अपने से संघर्ष करते-करते मैं कितना हार चुका था!

''विरे, तुझे क्या हो गया? तेरा चेहरा एकदम पीला हो गया है, पहचाना नहीं जाता।'' अम्मा मेरा मुंह मसार रही थीं। नहीं-नहीं, चुपचाप ढुल-ढुल रो रही थीं।

''तुझे खर्चे की कमी थी क्या? फिर तू इम्तहान छोड़कर क्यों चला

आया ?''

मैं चुप था। क्या उत्तर देता ?

''अपने पिताजी से न कहना। ये मेरे कुछ गहने पड़े हैं, तू ले जा और पढ़ !''

अम्मा की बात का कोई भी उत्तर न देकर मैं चुपचाप दूसरे कमरे में चला गया।

''पढ़ने में मन नहीं लगता तो घर का ही कुछ कामकाज कर।'' पिताजी कह रहे थे, ''इतनी पुरोहिताई है! खेती-बाड़ी है! शादी का वचन देकर झूठा पड़ गया था तब। अब भी कुछ बिगड़ा नहीं। लड़की अच्छी है। पिता जंगल के ठेकेदार! तेरी मां की इच्छा भी पूरी हो जाएगी—मरने से पहले बहू को देख लेगी… !''

पिताजी का स्वर लड़खड़ा आया था।

पर इस बार भी मैं चुप था—हमेशा की तरह।

मेरा मन इतनी दूर रहकर भी कभी झील के किनारे भटकता, कभी 'गुरखा-लाइन्स' का होस्टल दीखता और कभी 'ब्लू कॉटेज' की परिधि में बैठी तुम। तुम्हारे झबरैले कुत्ते का स्वर साफ़ सुनाई देता। बस्ती से दूर किसी पत्थर पर बैठा हिमालय की चोटियों की ओर देखता या आसमान में बिखरे बादलों को, तो तभी बस के चलने का-सा स्वर सुनाई पड़ता। मुझे लगता, पता नहीं कब से चील-चक्कर के मोड़ पर बैठा हूं, किसी बस के गुज़रने की प्रतीक्षा में, जो अब कभी भी नहीं आएगी… !

स्वयं ही अपने ठंडे हाथों से, कभी ठंडे कोट की आस्तीन छूता तो सामने तुम खड़ी हो जाती—आपके कपड़े कितने ठंडे हैं, पानी की तरह !

हर रोज़ मुझे कभी न आने वाले पत्र की प्रतीक्षा रहती—यह जानते हुए भी कि तुम कभी भी मुझे कोई पत्र नहीं भेजोगी—सुबह होते ही मैं डाकखाने क्यों चला जाता था !

रीते हाथ लौटता तो लगता, आज न सही, कल तो अवश्य ही आयेगा…

अपने को छलना, सच, कितना कठिन होता है !

जब सांझ घिरती, मैं घड़ी देखता—अब तुम्हारे पढ़ने का समय होगा। छोटी-सी गोल मेज़ पर किताबें बिखेरकर तुम अकेली पढ़ रही होगी… सुबह तुम

परीक्षा के लिए जा रही होगी···कभी-कभी सुहास मिलता होगा···मल्लीताल से तल्लीताल—एक पूरी परिक्रमा···सुहास ने जो चित्र खींचे थे, क्या वे गलत थे? नहीं-नहीं, तुम उसके साथ घूमने न जाती तो वह चित्र कैसे खींचता?···तुम्हारी इच्छा के विरुद्ध वह कैसे तुम्हें ले जाता···फिर इतना बड़ा छल किसलिए किया तुमने?

15

पिताजी प्रतिदिन प्रातः वसन्त को 'रामः रामौ रामाः' पढ़ाने लगते तो मैं वहां से उठ जाता। एक दिन बरामदे में उसे बिठलाकर संस्कृत का कोई श्लोक रटा रहे थे, कि मैं अपने को रोक न पाया, "इसे आप आखिर क्या बनाना चाहते हैं? इस ग्रंथ को रटाकर ज़िन्दगी में इस बेचारे को क्या मिल पायेगा··· ?"

"यह क्या कह रहे हो?" पिताजी को अपने कानों पर विश्वास नहीं हो पा रहा था, "धर्म-ग्रंथ पढ़ाना पाप है?"

"पाप है या पुण्य, यह मैं नहीं कह रहा। मैं तो एक ही बात कह रहा हूं, इन्हें पढ़कर यह कहीं का भी नहीं रहेगा—न घर का, न घाट का!"

पिताजी सहसा उत्तेजित हो उठे थे, "थोड़ी-सी टिट-बिट अंग्रेज़ी पढ़कर, तू समझता है, सर्वज्ञाता हो गया? अपने ग्रंथों का अपमान करते लाज नहीं आती?"

"मैंने ग्रंथों का अपमान कहां किया?" मैं बिना किसी उत्तेजना के सहज भाव से बोल रहा था, "मैं इतना ही कह रहा हूं कि जो संस्कार आदमी को ऊपर उठने नहीं देते, उन्हें तिलांजलि दे देनी चाहिए। इतना कुछ रटाकर आपने मुझे क्या दिया?"

पिताजी की आंखों से सचमुच अंगारे बरस रहे थे, "यह तू कह रहा है, विराग!"

"हां!" मैंने उसी स्वर में उत्तर दिया, "आपका यह अधूरा धर्म, अधूरा अध्यात्म, अधूरा ज्ञान किसी को किसी भी मंज़िल तक नहीं ले जायेगा। जीवन-भर इस राह पर चलने पर भी आदमी अंत तक अधूरा ही रहेगा। आत्म-प्रवंचना से बड़ा भी क्या कोई पाप होता है···!"

पिताजी यह सब सुनने के लिए शायद कतई तैयार न थे। पीले चंदन के लेप की मोटी-मोटी रेखाओं से घिरे उनके वृद्ध माथे पर कितने ही बल पड़ रहे थे! आवेश में सारा शरीर कितना कांप रहा था, "धर्म को अधर्म कह रहा है! पुण्य को पाप···! तेरी बुद्धि भ्रष्ट हो गयी, विराग!" शाप देने की तरह उन्होंने अपनी तर्जनी हवा में हिलाई, "भगवान् तुझे सद्‌विचार दें···।" किताबें पटककर वह दूसरे कमरे में चले गए।

पिताजी के आगे मैंने आज तक कभी ज़ुबान खोली नहीं थी। उनके हर वाक्य को ब्रह्मवाक्य मानकर स्वीकार करता चला आ रहा था, फिर आज यह···

मुझे संसार निस्सार लगने लगा था। अपने से ही एक तरह की घृणा-सी हो गयी थी। बचपन से ही किसी संस्कृत पाठशाला में भेज दिया होता तो आज यह सब नहीं सोचता। दूसरा मार्ग सुहास बन जाने का भी था—जहां कोई दुविधा, कोई असमंजस, कोई मानसिक संताप नहीं!

जीने का तीसरा कोई मार्ग मुझे सूझ न रहा था। न संत बनना मेरी नियति लगती थी, न शुद्ध सांसारिक ही!

तीन दिन से लगातार बर्फ़ गिर रही थी। चारों ओर जहां तक दृष्टि जाती, हिम-ही-हिम। पेड़-पौधे, घरों की छतें—सारी धरती एकदम सफ़ेद हो आयी थी। लोग कहते, ऐसी कड़ाके की सर्दी पिछले चालीस-पचास सालों में शायद ही कभी पड़ी हो!

लकड़ी की सींकों वाली, छोटी-सी खिड़की खोलकर बाहर का दृश्य देख रहा था।

आसमान से बर्फ़ कैसे गिरती होगी? बर्फ़ के कण हवा में उड़ते हुए कैसे दिखलाई देते होंगे? उस समय कैसा लगता होगा? लोग बर्फ़ से ढकी सड़कों पर कैसे चल पाते होंगे?—याद है, तुम अकसर कहा करती थी!

बर्फ़ के कुछ फाहे हवा में उड़-उड़कर खिड़की के भीतर तक चले आ रहे थे। हिम के नन्हे-नन्हे शुभ्र कण गोबर-मिट्टी से लिपे हुए खिड़की के निचले हिस्से पर बिखरकर, धीरे-धीरे जल की बेडौल बूंदों की शक्ल में परिवर्तित हो रहे थे। अपनी अंगुली की नोक से, एक बूंद को दूसरी बूंद से जोड़कर मैं अकारण कई आकृतियां बना-बिगाड़ रहा था।

देर बाद ध्यान आया, मेरी अंगुलियां आकृतियां नहीं बना रही थीं, अनायास तुम्हारा नाम लिख रही थीं—मेहा!

तुम नैनीताल···नहीं-नहीं, अब बरेली पहुंच चुकी होगी···शायद सुहास छोड़ने गया हो या अपनी आंटी के साथ···वहां बर्फ़ नहीं गिरती न, इसलिए खिली-खिली धूप होगी···कैसा होगा तुम्हारा घर··· ? उस क्षण मेरी कल्पना में एक सुन्दर-सी इमारत उभर आयी थी—एक सजा हुआ छोटा-सा कमरा—यह कमरा तुम्हारा, केवल तुम्हारा होगा न!···अलमारी में तरह-तरह की सजी गुड़िएं···रैक पर किताबें-कॉपियां—मेज़ पर वैसे ही पुस्तकों के साथ रबर-पेंसिलें, आड़ी-तिरछी बिखरी पड़ी होंगी···अपने ही में भूली, तुम कितना खुश होगी···कभी पिकनिक, कभी पिक्चर···कभी एक बार भी भूलकर तुमने याद नहीं किया होगा न···याद करने का तुम्हें समय ही कहां मिल पाता होगा···

तुम्हारा हंसता हुआ चेहरा, अधमुंदी आंखें दिखलाई दीं मुझे। उनमें उभरते असंख्य सुनहरे सपने!

सुनहरे सपने तुम ही नहीं, दुनिया देखना चाहती है···पर मेरे पास रेत के अलावा क्या था, कुछ नहीं, कुछ भी तो नहीं।

तभी हमेशा स्थितप्रज्ञ की-सी स्थिति में रहने वाले पिताजी तेज़ी से कमरे में आये, "अरे, तू यहां बैठा है विराग, तेरी अम्मा तो··· !" उनका स्वर टूट आया। उससे अधिक वह कुछ बोल न पाये।

पिताजी के उखड़े-उखड़े स्वर तथा घबराई आकृति से पल-भर में मैं सारी वस्तुस्थिति समझ गया था। लपककर अम्मा के कमरे में पहुंचा तो वहां वसंत सिसक रहा था। अम्मा की मुंदती हुई पथराई आंखों में कितना कुछ नहीं तैर रहा था! अपने सूखे जर्जर हाथों से मेरे सिर को सहलाती हुई, वह कुछ कहना चाह रही थीं, पर कह नहीं पा रही थीं।

ओह, कितनी छटपटाहट! मुझसे देखी नहीं जा रही थी। तभी एक-दो हिचकियों के बाद उनकी कमज़ोर गर्दन तकिए पर एक ओर लुढ़क पड़ी थी—निढाल।

सच, अम्मा मर गयी थीं, पर मेरी आंखों में एक भी आंसू नहीं था! केवल तटस्थ दृष्टि से मैं यह सब कुछ घटित होता देख रहा था। वसंत दहाड़ मारकर रो पड़ा तो पास-पड़ोस के सब भागे-भागे आए।

किन्तु अब तक भी मैं प्रस्तरवत चुप खड़ा था। मुझे सच नहीं लग रहा

था, अम्मा चली गयीं।

शाम को श्मशान से लौटे तो मैं कितना थका-थका-सा अनुभव कर रहा था! अम्मा को चिता पर रखते समय भी मेरी आंखों से आंसू न निकल पाये थे। कितना जड़ हो गया था मैं—एकदम चेतनाशून्य!

घर आकर देखा—आले पर तुम्हारा पत्र पड़ा है। 'पत्र नहीं दोगे क्या?' केवल ये ही चार शब्द लिखे थे तुमने! उन्हें पढ़ते ही पता नहीं सहसा क्या हुआ, जैसे वर्षों से रुका बांध एकाएक टूटकर बह निकला हो!

सचमुच मैं फफक-फफककर रो रहा था। उस सारी रात रोता रहा! अम्मा के जाते ही घर कितना सूना-सूना हो गया था! अंधेरे कमरे काटने को दौड़ते। पिताजी अब और अधिक समय तक पूजा-पाठ में लीन रहने लगे; एकदम वीतरागी संन्यासी-जैसे!

"विराग, तू कब जा रहा है? छुट्टियां तो कब की खतम भी हो चुकी होंगी?" पता नहीं क्या सोचकर एक दिन उन्होंने कहा।

मैं कोई उत्तर न दे पाया।

"यहां का कामकाज तू देख नहीं पायेगा। इससे अच्छा है, अपनी पढ़ाई ही पूरी कर ले···।"

"पढ़ने से भी क्या बनेगा?"

"न पढ़ने से ही क्या कुछ हो जाएगा, पगले!" उनका स्वर थका-थका-सा था—बुझा हुआ, "अधिक सोचते रहने से कुछ होता नहीं। जब जैसी स्थिति हो, उसी के अनुरूप आचरण करना चाहिए। मेरी अब कोई इच्छा-आकांक्षा नहीं। तुम कभी दो आंख वाले बन गए तो शायद वसंत का जीवन भी सुधर जाये···!"

"इस उमर में आपको कष्ट दूं। भार बनूं। खर्च न हो, इसके बावजूद पढ़ूं, यह सब अच्छा नहीं लगता। अपने मन में कहीं बड़ा बोझ-सा अनुभव करता हूं···!" मैं कह ही रहा था कि वह बोल पड़े, "खर्च से तुझे क्या? कभी कोई कमी महसूस हुई तुझे? यह ज़मीन-जायदाद इसीलिए तो होती है न कि कभी वक्त पर काम आए! जीवन में तुम कुछ करने योग्य बन गए तो इससे बड़ी उपलब्धि और क्या होगी? गीता में भगवान् ने कहा है···।" उन्होंने संस्कृत का कोई श्लोक दुहरा दिया था।

जाने के दिन सुबह से ही वह मेरा सामान तैयार करने में जुट गए थे। अम्मा की तरह हर बात के लिए बार-बार पूछ रहे थे। जाते समय गांव की

सरहद से दूर तक छोड़ने आए थे, "बस दो-चार साल और जी जाता तो···!" पिताजी का गला भर आया था, "तू ही सबसे बड़ा है विरा, सोच-समझकर चलना। जो कुछ भी पितरों की ज़मीन-जायदाद थी, सब तुझ पर लगा दी। अब और कुछ भी नहीं बचा मेरे पास···!" मन नहीं कर रहा था जाने के लिए, फिर भी जा रहा था—मेरे पांव स्वचालित यंत्र की तरह अपने आप आगे बढ़ रहे थे।

कॉलेज खुल चुका था।

तुम्हारा उदास चेहरा, बिखरे बादलों में डूबा-डूबा-सा फिर आंखों के सामने तैरने लगा था। दो दिन का थकाने वाला सफ़र कितना लम्बा लग रहा था! खत्म ही होने को न आ रहा था।

कॉलेज कब खुला होगा? तुम्हें आए कितने दिन हुए होंगे? मेरे न आने पर तुमने क्या सोचा होगा? नहीं-नहीं, तुमने कुछ भी नहीं सोचा होगा! कौन···किसे···

जाते ही कमरा बदल लूंगा अब—मैंने मन में कहीं तय कर लिया था। सुहास के साथ उस दिन जो हादसा हुआ, उसके बाद उसके साथ रहने का प्रश्न ही पैदा नहीं होता था। आवेश में जो कुछ कर बैठा था, उससे अब तक उबर न पाया था।

मैं सोच रहा था, वह अब मुझसे बोलेगा नहीं, बातें नहीं करेगा, बल्कि एक तरह की शत्रुता रखेगा। इसलिए तुम्हें ट्यूशन पढ़ाने जाने का सवाल ही शेष नहीं रहा था। तुम्हारे अंकल उसके पिता के अभिन्न मित्र थे। उसी के माध्यम से तो मैं···

खैर, मैंने इस चिन्ता से भी अपने को किसी हद तक मुक्त कर लिया था। पिताजी ने कुछ और खेत रेहन रख दिए थे। मेरे गिरते स्वास्थ्य को देखकर खर्च की राशि कुछ और बढ़ा दी थी। होस्टल में न भी रह पाया तो कहीं किसी के साथ सस्ते में छोटी-सी कोठरी ले लूंगा। खाना खुद बना लूंगा। खुद कपड़े धो लूंगा···

किन्तु इस सबके विपरीत मेरे पहुंचते ही सुहास मुझसे लिपट पड़ा था, "इत्ती देर क्यों कर दी, गुरु!" सहसा फिर मेरे सिर को देखकर सहज ही चौंका, "घर में तो सब ठीक हैं न?"

"हां।"

"फिर···?"

"अम्मा चली गयीं···!" मैंने कहा तो वह सहसा बहुत गम्भीर हो उठा, "बीमार थीं क्या?"

"हां, लम्बे अर्से से।"

"इलाज-विलाज···?"

"करवाया, पर कुछ बना नहीं।"

मेरी पुस्तकें, मेरा सामान अपने सामान के साथ उसने इतने करीने से कमरे में सजा रखा था कि मुझे सहज ही आश्चर्य हुआ।

शाम को मेरे कुछ कहने से पहले ही वह बोल उठा, "गुरु, आपका अहसान जीवन-भर नहीं भूलूंगा। सच, आपने आवेश में उस दिन जो 'वरदहस्त' रखा, उसके बाद से मैंने पीना ही छोड़ दिया है।" चेहरे पर गम्भीरता के बावजूद वह अपनी उन्मुक्त हंसी रोक न पाया था।

"अनुमेहा के लिए ऐसे अभद्र शब्द मुझे नहीं कहने चाहिए थे। सचमुच वह बहुत अच्छी है। आपकी सौगन्ध खाकर कहता हूं, ऐसी अच्छी लड़की मैंने ज़िन्दगी में दूसरी नहीं देखी। कभी ध्यान दिया आपने, उसकी आंखों में कितनी निर्मलता है! कितनी पवित्रता! लगता है, बुरी निगाह से देखने मात्र से मैली हो जायेगी! मुझसे एक दिन कहने लगी—शराबी-कबाबी-लफंगे मुझे अच्छे नहीं लगते। सच्च गुरु, तब से मुझमें न जाने ऐसा क्या परिवर्तन हुआ कि मैंने किसी को भी छेड़ा नहीं···उसे छोड़ने बरेली गया, वहां उसके भाई ने पीने का कितना आग्रह किया, पर मुझसे छुई तक न गयी···।"

कुछ रुककर वह फिर बोला, "इत्ते दिनों तक आप आए नहीं न, मैंने सोचा, कहीं आपकी लगी-लगाई ट्यूशन न चली जाए, इसलिए मैं स्वयं पढ़ाने जा रहा था। अब कल से आप ही जाएंगे···।"

"नहीं, तुम पढ़ाओ। अब मेरा मन नहीं पढ़ाने में···।" मैंने कहा तो वह डपट पड़ा, "विप्र-सुत, बीस रुपये महीने के क्या कुछ कम होते हैं?" शायद मेरे चेहरे की गम्भीरता ने इससे अधिक कहने से उसे सहसा रोक दिया था। तनिक धीमे स्वर में फिर बोला, "आप तो सन्त हैं, गुरु! दुनियादारी नहीं जानते! कोई और होता तो इश्क भी लड़ाता और पैसे भी कमाता, पर आप तो जन्मजात शुकदेव महाराज हैं न, पक्के बाल-ब्रह्मचारी! कम-से-कम अपना फ़ायदा तो देखो···! साली बीस रुपए की ट्यूशन बड़े-बड़े टीचरों को भी नहीं मिल पाती आज के ज़माने में!"

"लेकिन जब मन ही न हो तो···!" मैंने तनिक सोचते हुए, धीरे से

वैसा ही वाक्य फिर दोहराया।

इस बार बड़े आश्चर्य से उसने देखा, "क्यों मन नहीं? क्या किसी ने कुछ कहा?"

"नहीं···!"

"फिर···?"

मैं चुप हो गया था, किन्तु सुहास अपलक मेरी ओर देख रहा था, "तबीयत तो ठीक है न?"

"हां!"

"फिर हो आना कल से! ज़्यादा नहीं तो थोड़ी देर के लिए ही सही···!"

उस समय अधिक बहस न कर मैं चुप हो गया था।

चौकीदार से कहकर उसने मेरे लिए ऊपर ही खाना मंगवा लिया था। अल्युमीनियम की अपनी टिफ़िन-कैरियर जैसी गोल बाल्टी में से बर्फ़ की तरह जमा हुआ घी निकाला, "गुरु, अब चिन्ता-विन्ता छोड़ो। अपनी सेहत का ध्यान रखो। यह बाल्टी यहां खुली रखी है, जब जी चाहे, निकाल लिया करो!"

मेरे मना करने के बावजूद उसने चम्मच से ढेर सारा घी निकाल डाला था।

लम्बे सफर से थका था। इसलिए जल्दी ही सो गया, पर वह मेरी रैक से 'गीता-रहस्य' निकालकर, रात को देर तक पढ़ता रहा।

देवदार के घने वनों से ढका पहाड़। चोटी पर संगमरमर का एक विशाल भवन—किलेनुमा। उसकी दीवारों पर जगह-जगह आले-से बने थे। एक-एक आले में एक-एक दीपक टिमटिमा रहा था। मैं देख रहा था—पूरब दिशा से काला तूफ़ान आ रहा है। एक अजीब-सी डरावनी आवाज़। तूफ़ान और निकट आ गया था अब। एक-एक कर सारे दीपक बुझ रहे थे और अब चारों ओर गहरा अंधेरा था—धूल-ही-धूल। टिन की चादरें कागज़ के टुकड़ों की तरह आसमान में उड़ रही थीं। पेड़ टूट-टूटकर गिर रहे थे। भवन की दीवार के सहारे मैं खड़ा था। पास ही कहीं से कराहने की-सी आवाज़ आ रही थी—बार-बार लगातार!

तभी पता नहीं कहां से दौड़ती हुई एक छाया-सी निकल गई थी—

तुम्हारी जैसी। उस दिशा की ओर, जहां से कराहने का करुण स्वर आ रहा था।

अब मुझे संगमरमर की दो प्रस्तर-प्रतिमाएं दिखलाई दे रही थीं—खंडित! चूर-चूर!

उस समय मेरे आश्चर्य की सीमा न रही, जब पत्थर की टूटी बांह से लहू गिरता दीखा था। वे बांहें मेरी अपनी बांहों से इतनी मिलती-जुलती थीं कि मैं चिल्ला पड़ा था।

मेरी पलकें खुल आयी थीं। मैं पसीने से बुरी तरह नहाया हुआ था। मेरा बायां हाथ मेरे सीने पर पड़ा था। दम घुट-सा रहा था।

रज़ाई से मुंह बाहर निकालकर देखा—अभी अंधेरा है। सुहास गहरी नींद सो रहा है। पर, अब मैं सो नहीं पाया।

बगल से गुज़रती तुम्हारी छाया अब तक भी मुझे साफ़ दिखलाई दे रही थी, और साफ़ सुनाई दे रही थी, वह कराहने की आवाज़। मेरी बांहों में कितनी पीड़ा हो रही थी, जैसे टूटकर गिर पड़ी हों!

सचमुच दूसरे दिन कॉलेज में काठ की सीढ़ियों पर पांव रपट पड़ने के कारण मेरा बायां हाथ टूट पड़ा था।

अंधविश्वासों पर मेरी आस्था नहीं। सपनों का विश्लेषण वैज्ञानिक दृष्टि से ही करता रहा, फिर यह सब क्या? मैं स्वयं अचरज में था।

मुझे लगने लगा—कहीं तुम्हारा वह सपना भी सत्य घटित न हो पड़े!

आज सोचता हूं, जो कुछ हुआ, वह सब सच नहीं था तो उसे झूठ की संज्ञा भी नहीं दी जा सकती न!

'क्रास्थवेट हॉस्पिटल' के बाहर वाले कमरे में तुम्हारे अंकल प्लास्टर चढ़ा रहे थे। सफ़ेद पट्टी-सी बांध रहे थे। सुहास मुझे सहारा दे रहा था—खिड़की के पीछे खड़ी डबडबाई आंखों से देखती तुम कुछ खोज रही थी…

16

पतझड़ के बाद पेड़ों पर अब नयी-नयी कोंपलें उग रही थीं। धीरे-धीरे हरियाली की हलकी झाईं, वृक्षों से लदे पहाड़ों पर उतर आयी थी। आबादी

कुछ-कुछ बढ़ रही थी। लगता था, एक वीरान शहर फिर से आबाद होने की प्रक्रिया से गुज़र रहा है।

समय के साथ-साथ कितना कुछ नहीं बदल गया था! डॉ० दत्ता की गम्भीरता कुछ और बढ़ आयी थी। श्रीमती दत्ता का अब अधिक समय भजन-कीर्तन में बीतने लगा था। किसी आश्रम के अधिष्ठाता स्वामीजी को वह इन दिनों दर्शनीय पर्वतीय स्थलों की सैर करा रही थीं। अब सात ताल में थीं।

सुहास होस्टल में कम, 'ब्लू कॉटेज' में अधिक रहने लगा था। न चाहते हुए भी मैं अब तक तुम्हें नियमित रूप से पढ़ा रहा था। जब तक मेरे हाथ में पट्टी बंधी रही, तुम्हारी पलकें उसी पर अटक आती थीं। तुम्हारी आंखों में तब कितनी घनीभूत पीड़ा उभर पड़ती थी!

तुम्हारा दर्द अपनी पीड़ा की अपेक्षा तब मेरे लिए कितना असह्य हो आता था! उसकी गहराई तक तुम शायद कभी भी न जा पायी थी! तभी तो एक दिन तुम कह रही थी, "आप अब वह नहीं रहे, जो पहले थे कभी! मुझे हर बार आपको देखकर यही लगता है, कि आप मात्र कर्तव्य पूरा करने के लिए यहां आते हैं। मुझे पढ़ाना आपको रंचमात्र भी अच्छा नहीं लगता…"

तुम्हारे माथे पर हवा में उड़ते बाल इस तरह गिरे कि अर्द्धचन्द्र-सा बन गया था।

"मैं सोचती थी, आपसे कितनी बातें करूंगी, पर आपको देखते ही सब भूल-भुला जाती हूं। जब आप इम्तहान से पहले ही चले गए थे, तब मुझे कितनी बेचैनी हुई थी! दिनों तक मैं पागलों की तरह अजीब-अजीब-सी हरकतें करने लगी थी। मुझे तब भी यही लगता था, और आज भी यही लग रहा है, कहीं आपकी इन परेशानियों का कारण मैं तो नहीं…!"

बाहर से आए हवा के हलके-से झोंके के कारण खादी के पर्दे पर एक लहर-सी खिंच गयी थी।

कहती-कहती मेज़ पर तुम कितनी झुक गयी थी। अपने बाएं हाथ की तर्जनी को ऊपर वाले दांत पर टिकाए तुम अपलक मेरी ओर देख रही थी।

"सुहास ने मेरी मदद न की होती तो सचमुच मैं पागल हो गई होती! न मुझे नींद आती, न भूख लगती, न पढ़ने में ही मन लगता था। हर समय एक विचित्र-सी बेचैनी घेरे रहती। एक्ज़ाम भी पता नहीं किस तरह दिए! बरेली जाकर भी हर समय आपका ही खयाल आता रहा। पता नहीं, तब किस झोंक

में आकर आपको एक पत्र लिख दिया था। तब से हर रोज़ खिड़की पर बैठी डाकिए की राह देखा करती थी। शाम तक भी जब पत्र न आता तब मेरी परेशानी कितनी असह्य हो उठती थी! छत पर अकेली बैठी, इमारतों के जंगल के उस पार क्या-क्या नहीं खोजने लगती थी!'' तुम्हारा स्वर कितना आर्द्र हो आया था! तुम्हारे कांपते अधरों पर धुंधली-धुंधली कितनी रेखाएं खिंच गयी थीं! चेहरा मेमने की तरह कितना मासूम···नहीं-नहीं, दयनीय-सा लग रहा था!

खिड़की का पल्ला थोड़ा-सा खुला था—दरार की तरह। आज आड़ू का बौना वृक्ष कुछ दूसरा ही रूप लिए था—एकदम फूलों से ढका! कहीं कोई पत्ता नहीं!

''जिस दिन आप नहीं आते, मैं इस पेड़ से बातें करने लगती हूं। पता नहीं क्या-क्या बोलती जाती हूं! इस सारी दुनिया में यह मुझे सबसे अधिक आत्मीय लगता है।'' तुमने मेरी ओर ताकते हुए कहा, ''डॉक्टरों की भाषा में क्या यह एक तरह का पागलपन नहीं?''

''...''

''कल सब्जी काटते-काटते यह अंगुली भी काट डाली थी!'' पट्टी से बंधी अंगुली तुमने मेरी ओर बढ़ा दी थी।

तुम्हारी नन्ही-सी नाज़ुक पतली अंगुली कितनी कांप रही थी!

''कॉलेज जाते समय आज लेटर-बक्स में चिट्ठी के बदले अपना छोटा-सा बटुआ डाल दिया था···। केवल आठ-दस आने की रेजगारी थी। अधिक होते तो कितनी परेशानी हो जाती···!''

मुझे याद आया—इससे पहले भी एक दिन तुमने ऐसा ही कुछ कहा था। कितने प्रश्न एक साथ पूछ डाले थे! पर मैं गूंगा-सा तुम्हारी ओर देखता रहा था।

दिन-प्रतिदिन मुझमें एक प्रकार की जड़ता-सी आती चली जा रही थी। वसन्त के पत्र आते, पर मेरा मन उत्तर देने को न होता। आज-आज, कल-कल में टालते रहने के कारण वे वैसे ही पड़े रहते। पहले लिखता था—अम्मा परेशान हैं। अब लिखता है—पिताजी परेशान हैं। शेष बातें वैसी ही।···कमरे में धूल जमी रहती, पुस्तकें यों ही फैली हुईं। पढ़ने से ज्यों ही अवकाश मिलता, चील-चक्कर की तरफ़ एकान्त में निकल जाता और घंटों तक अकेला, किसी पत्थर पर बैठा रहता। पुस्तकों से भी अब उतना अनुराग

नहीं रह गया था। इधर कितने दिनों से मैंने धर्म तथा अध्यात्म से सम्बन्धित पुस्तकें, जिन्हें रोज़ पहले गीता की तरह पढ़ा करता था, छुई तक नहीं। एक दिन रद्दी अखबारों के साथ उन्हें भी बेचने लगा, तो सुहास ने चिल्लाकर कहा, ''यह क्या, गुरु?'' और वह झपटकर भीतर उठा ले गया था···।

सुहास के साथ तुम्हें कई बार हंसते-बोलते, पिक्चर जाते देखा था, किन्तु मुझ पर जैसे कोई प्रतिक्रिया नहीं! पहले का-जैसा होता तो कितना परेशान रहता! सारी-सारी रात जागता और इस बीच भला-बुरा पता नहीं क्या-क्या सोच डालता! पर अब सोचना ही एक तरह समाप्त हो गया था।

''आपको ऐसी गम्भीर मुद्रा में खोये-खोये देखती हूं तो डर-सा लगने लगता है···।'' तुम्हारे शब्द सुनकर मैं जैसे होश में आया। नींद से जागने की तरह अचकचाता हुआ तुम्हारी ओर देखने लगा था।

मेरे दोनों हाथ हौले-से पकड़कर तुमने अपनी ओर खींचे थे। अपनी हथेलियों के बीच दबाकर अपना तपता हुआ माथा टिका दिया था।

मेरी दोनों बन्द हथेलियां, जलती बूंदों के गिरने से नहा आयी थीं। मैंने तुम्हारा मुंह ऊपर उठाया तो वह आंसुओं से भीगा था। आंसू-भरी रक्तिम आंखों से तुम मेरी ओर देख रही थी। तुम्हारी आंखें निरंतर झर रही थीं।

''अनुमेहा!''

अपनी दोनों हथेलियों में मुंह छिपाकर सिसकती हुई तुम सहसा फट पड़ी थी, ''इतना सताकर आपको क्या मिलेगा? मुझे एक बार मार क्यों नहीं देते, अपने हाथों से अच्छी तरह! अब मैं अधिक जीना नहीं चाहती···जी-नहीं-सकती···नहीं-न-हीं!''

तुम फूट-फूटकर रोने लगी थी।

17

''विराग, तुम्हें आंटी याद कर रही थीं आज!''

''कौन···?''

''वही, अपनी जगत आंटी···।''

''श्रीमती दत्ता?''

''हां।''

कुछ सोचते हुए मैंने माथे पर हाथ लगाया। फिर तनिक अचरज से कहा, "वे क्यों याद करने लगीं मुझे?"

"पता नहीं, कोई काम-वाम होगा।"

"क्या काम?" मैं मुसकराया।

सुहास हंस पड़ा, "हत्तेरे की!" और फिर मेरी ओर तनिक गम्भीरता से देखता हुआ बोला, "हो भी आना, गुरु! वे भी आपकी देखा-देखी अध्यात्म की ओर अग्रसर हो रही हैं—साधु-सन्तों के समागम में…!"

पर मैं गया नहीं। जाकर करता भी क्या? पिछले अनुभव इतने रहस्यमय थे कि जाने की इच्छा न हुई।

सच, मुझे तुम्हारी आंटी ही नहीं, तुम भी मायावी लगने लगी थी, अनुमेहा! सारा संसार ही मेरी समझ से परे होता चला जा रहा था। तुम्हारा वास्तविक स्वरूप मेरी सहज बुद्धि में अब तक नहीं आ पाया था। श्रीमती दत्ता को समझना इससे भी दुष्कर था। सुहास का शनैः-शनैः एक और ही रूप निखरता चला जा रहा था। दिन-रात वह पढ़ने में लीन रहता। सारा 'अरविन्द-साहित्य' उसने समाप्त कर दिया था। सिगरेट भी बहुत कम कर दी थी इधर। उसके स्वभाव में गरिमा के साथ-साथ गाम्भीर्य भी आता चला जा रहा था। ज़िम्मेदार लोगों की तरह वह बातें किया करता। उसकी चंचलता-चपलता न जाने कहां विलीन हो गयी थी!

"गुरु, देर से क्यों आते हैं आजकल? क्या पढ़ने में जी नहीं लगता? अरे, इतनी जल्दी सो जायेंगे तो डिवीज़न कैसे आ पायेगी?" वह अकसर कहा करता। उसके कहने में उलाहना होता। आत्मीयता भी।

उत्तर में मैं उसके चेहरे की ओर ताकने लगता—यह क्या कह रहा है? किन्तु धीरे-धीरे समझ में आने लगा कि वह गलत नहीं कह रहा है। पिछली परीक्षाओं की अपेक्षा इस बार वह मुझसे भी अच्छे अंकों से उत्तीर्ण हुआ था।

सारे कॉलेज के लिए यह आठवां आश्चर्य था। खेलों में भी उसने इस वर्ष दो नये रिकार्ड स्थापित कर दिए थे।

तुम्हारा रंगीन-सा वह चित्र आज भी मेरी आंखों के आगे घूम रहा है, जिसे उसने अपनी रैक में सबसे ऊपर सजाकर रख दिया था। उसके व्यक्तित्व में कहीं भी तो कोई दुराव न रहा था। "गुरु, देखो, कितना अद्भुत आकर्षण है इसकी आंखों में! किसी जनम की तपस्विनी-सी लगती है…!" उसकी

निगाहें चित्र पर अटक आतीं और मैं गूंगे की तरह सब देखता रहता अपलक!

एकान्त में कभी-कभी मैं तुम्हारे चित्र के कुछ और निकट चला जाता—तुम्हारी ही ये आंखें हैं, तुम्हारे ही ये होंठ हैं, तुम्हारी ही ये बिखरी-बिखरी अलकें, पर तुम अब वह क्यों नहीं लगती थी, मेहा! कुछ भी न बदलकर तुम कितना कुछ नहीं बदल गयी थी!

मुझे लगने लगता—इस छोटे-से कमरे में अब दो नहीं, तीन प्राणी रहते हैं। तुम्हारी यह अदृश्य उपस्थिति कितनी असह्य हो उठती थी कभी। मुझे अहसास होता, नागफ़नी की एक दीवार की तरह उग आयी हो तुम मेरे चारों ओर, और उनकी चुभन से मैं आहत हो रहा हूं··· ।

तभी सुहास के साथ घूमती, सुहास के साथ बातें करती, सुहास के साथ हंसती तुम्हारी कोई भंगिमा मेरी आंखों के सामने घूमने-सी लगती, मैं सहसा आंखें बन्द कर लेता। तुम दोनों के खिलखिलाने का सम्मिलित स्वर सुनकर कानों को ढक लेता और पत्थर की तरह जड़ होकर घंटों चुपचाप बैठा रहता।

जिस आशंका से बच रहा था, वही घटित हो गयी थी आज। श्रीमती दत्ता रास्ते में जाती हुई टकरा पड़ी थीं। बिलकुल संन्यासिन-सी लग रही थीं। सादे गेरुए कपड़े और कंठ में अनेक मालाएं।

''मास्टरजी, कब से ढूंढ़ रही हूं आपको! स्वामीजी आए हैं। आपको आशीर्वाद देना चाहते हैं··· ।''

''...''

''देख क्या रहे हैं, चलिये भी!''

''...''

''चलिए न!''

और वह अपने साथ मुझे ले चलीं।

कॉलेज जाना था मुझे और मैं जा रहा था उनके साथ।

''जब से तीर्थ-यात्रा से लौटी हूं, आपको कितना स्मरण किया! पर तीर की तरह आप चुपचाप आते हैं और चले जाते हैं, भला यह भी कोई बात हुई··· !'' अपने बहाव में बही चली जा रही थीं वह, ''आपकी भी अध्यात्म में रुचि है न! आपकी देखा-देखी मैं भी इस रंग में कितना रंग गयी हूं! क्यों

न अब हम दोनों मिलकर एक 'सत्संग-केन्द्र' खोलें, जिससे दुनिया का उपकार हो। आप हमारे ही कॉटेज में आ जाइए न! समय का सदुपयोग हो जाएगा। आपके पढ़ने-पढ़ाने से जो समय बचेगा, वह हम इस अच्छे कार्य में लगा लेंगे। स्वामीजी से मैंने आपकी बड़ी प्रशंसा की है। वे आपसे प्रसन्न हैं। आपको दीक्षा भी देने के लिए तैयार हैं।''

वह कह रही थीं, मैं सुन रहा था, पर मेरा मन कहीं और भटक रहा था।

सीढ़ियां चढ़कर उनके कमरे में पहुंचा। यह वही कमरा था, जहां उन्होंने कभी चाय पिलायी थी। अचरज से मैं देख रहा था—श्रीमती दत्ता की तरह, उनके कमरे का रंग भी जोगिया-जोगिया-सा हो गया था। सामने वाली दीवार के सहारे विशाल आसन लगा था। उस पर विशालकाय स्वामीजी महाराज विराजमान थे।

उनकी ओर मैं सहज जिज्ञासा से देखता रहा—मोटे-मोटे होंठ, लाल-लाल बड़ी आंखें, जिनसे स्नेह नहीं, करुणा-भक्ति नहीं, उद्दाम वासना छलक रही थी। अर्द्धनग्न देह पर रुद्राक्ष की मोटी-मोटी मालाएं झूल रही थीं। माथे पर लाल चंदन! भभूति!

श्रीमती दत्ता के सिर पर जिस स्नेह से उन्होंने हाथ रखा, वह मुझे सात्त्विक नहीं लगा।

मुझे लगा—उनके चिड़ियाघर में अब यह एक नयी वृद्धि हुई है।

थोड़ी देर की बातचीत के बाद मैं उठकर बाहर निकल आया था। श्रीमती दत्ता भी साथ-साथ चल रही थीं, ''आप सक्रिय सहयोग दें तो हमारी योजना सफल हो सकती है। जीवन नश्वर है—क्षणभंगुर। इस देह से मानव-समाज का जितना उपकार हो सके, अच्छा है। उसी में सार्थकता भी…।''

स्वामीजी का ही शायद यह कोई रटा-रटाया वाक्य था, जिसे वह बड़ी गुरु-गम्भीरता से दुहरा रही थीं।

''फिर आपने क्या सोचा?'' उन्होंने मेरी ओर जिज्ञासा से देखा।

''…''

''बतलाइये न!''

मैं तब भी चुप रहा। परन्तु उनके बार-बार आग्रह के बाद अंत में मुझे कहना पड़ा, ''यदि सच बोलूं तो बुरा तो नहीं लगेगा?''

''नहीं-नहीं!''

किंचित् सोचते हुए मैंने कहा, "आपका यह अध्यात्म मुझे बहुत बड़ा ढोंग लगता है। क्षमा कीजियेगा, इन सबसे मेरी अरुचि हो गयी है···!"

"यह आप क्या कह रहे हैं, मास्टरजी?" कितने विस्मय से कहा था उन्होंने।

"हां, मैं सच कह रहा हूं। इस छद्म के सहारे आप अपने को कब तक छलती रहेंगी···?"

"आप होश में तो हैं न?"

"मैं होश में नहीं हूं—आप कह सकती हैं! यह भी कहने की आपको पूरी-पूरी छूट है कि मैं नॉर्मल नहीं, यानी एबनॉर्मल यानी पागल हो गया हूं। इसीलिए ऐसी बहकी-बहकी बातें करने लगा हूं···।"

उन्होंने मेरा हाथ पकड़ लिया, "आप सही स्थिति समझने का प्रयास क्यों नहीं करते? मन की भटकन रोकने के लिए मैंने क्या-क्या नहीं किया? खरगोश, बिल्लियां पालीं, पता नहीं क्या-क्या शौक नहीं अपनाये, परन्तु मन की शान्ति कहीं मिलती नहीं। साधु-सन्तों के साथ भटकते रहने पर भी···! मैं क्या करूं? इसके अतिरिक्त अब मुझे कहीं कोई मार्ग नहीं दीखता···!"

सचमुच उनकी आंखें भर आयी थीं।

तभी सीढ़ियों से चट्-चट् आवाज़ सुनाई दी। किताबों का बस्ता अपनी छाती से लगाये, तीर की तरह तुम सामने से निकल गयी थी—जैसे देखा ही न हो!

"मैंने आपसे प्रेरित होकर यह मार्ग चुना था···!" उनके अधर कांप रहे थे, "पर··· पर···!" अपनी बायीं कलाई की सोने की चूड़ियां वह अकारण घुमा रही थीं।

"सुनिये, मेरा अब इनसे विश्वास उठ गया है। मैंने सारी पुस्तकें फेंक दी हैं। आपका यह सारा धर्म मुझे अधर्म-सा लगने लगा है। वैसे अधर्म में भी क्या धर्म नहीं···?" मैं कह ही रहा था कि वह सहसा बोल पड़ीं, "नहीं, नहीं! ऐसा न कहिये। यह विरक्ति आपको कहीं पागल बना देगी···!"

इनकी यह बात सुनकर सचमुच मैं पागलों की तरह मुंह फाड़कर हंसने लगा था, हंसता चला जा रहा था निरंतर! इतना अट्टहास करता हुआ कि श्रीमती दत्ता वास्तव में घबराकर भाग खड़ी हुईं।

इसके बाद कई दिनों तक वह बाहर नहीं निकलीं। उन्हें इतना आघात पहुंचा कि कभी-कभी उन्हें दौरे-से पड़ने लगे थे। स्वामीजी महाराज को

उन्होंने प्रणाम करके विदा कर दिया था। गेरुए वस्त्र भी त्याग दिए थे। दिन-रात अपने कमरे में पड़ी रहतीं—ध्यान की-सी अर्द्धचेतन स्थिति में।

विचित्र-सी संशय की दशा में जी रहा था मैं! मेरा मन न जाने क्यों इतना विद्रोही हो गया था कि सही और गलत का भेद भी सही अर्थों में स्वीकार नहीं कर पा रहा था। जिस ओर जाने से आज तक अपने को रोक रहा था, मेरे पांव अब संयम की सीमा पार कर, उसी दिशा में निर्बन्ध बढ़ रहे थे। पता नहीं क्या हो गया था मुझे!

एक दिन मैं उनके कमरे में सीधा चला गया। अचरज से उन्होंने देखा, "आप!"

"हां—मैं!"

"कैसे आये?"

"आपसे ही मिलने! आपने यह आवरण त्यागकर अच्छा किया है, बहुत अच्छा। आप कहती थीं न, जीवन जीने के लिए होता है—मुझे भी अब लगने लगा है कि आप कितना सच कहती थीं!···आवरण ओढ़ना पाप है···शेष सब सहज।"

ऐसा ही, ठीक यही आश्चर्य उनकी आंखों में उस दिन भी था, जैसा आज झलक रहा था। वह घूरकर मेरी ओर देख रही थीं।

"आवरण ओढ़ना पाप है, यह सही है, पर आप आज यह कैसी बहकी-बहकी बातें कर रहे हैं··· ?"

"मैंने यही तो कहा न कि जीवन जीने के लिए होता है। मैं तो आपकी ही बातें दुहरा रहा हूं!"

"आप यह कह क्या रहे हैं?" उन्होंने कितना झुंझलाकर कहा था, पर दूसरी ओर मैं शान्त था, "मैं ठीक कह रहा हूं, श्रीमती दत्ता!···नैतिकता-वैतिकता क्या होती है?···पर यों घूरकर क्या देख रही हैं आप··· ?"

"आपकी आंखें कितनी डरावनी लग रही हैं, मास्टरजी! लगता है, आपको किसी ने कोई नशे वाली चीज़ खिला दी है!"

"मैंने आज तक कोई नशा नहीं किया। वैसे जीवन स्वयं में क्या एक नशा नहीं, मिसेज़ दत्ता! हा-हा-हा!" हंसता हुआ मैं बाहर निकल आया था।

18

डॉक्टर दत्ता का तबादला मुरादाबाद हो गया था। बच्चों को नैनीताल छोड़कर, कुछ समय के लिए वह अकेले ही चले गये थे।

उनके साथ-साथ मेरा ट्यूशन पढ़ाना भी बन्द हो गया था। जहां पहले तुम्हें न पढ़ाने की बातें किया करता था—तुमसे न मिलने की, वहां अब लगने लगा था कि तुम्हें देखे बिना शायद मैं जी ही न पाऊंगा।

सांझ होते ही मेरे पांव चाहे-अनचाहे, जाने-अनजाने अनायास उस ओर बढ़ने लगते। 'ब्लू कॉटेज' की एक परिक्रमा पूरी कर मैं हारे हुए जुआरी की तरह डेरे पर लौट आता।

तुमसे जितना स्नेह था, उतनी ही उपेक्षा-सी भी कहीं पनपने लगी थी अब, स्नेह के साथ-साथ। यह विरोधाभास मेरी समझ में नहीं आ पा रहा था। जब तुम निकट से गुज़रती तो मुंह फेरकर चला जाता और जब पास न होती तो घंटों तुम्हारे बारे में सोचता। आंखें बंद किए तुम्हारा ही चेहरा देखा करता…।

पाषाण-देवी के पास तैरकर उस दिन 'गुरखा-लाइन्स' लौट रहे थे, अपने छात्रावास। शायद छुट्टी का कोई दिन था। ग्यारह-बारह बजे होंगे। सूरज सिर पर कितना तेज़ चमक रहा था!

बस-स्टैंड पर उस दिन बड़ी भीड़ थी। तभी तुम्हारी एक झलक दिखलायी पड़ी थी। झील की तरह तार की जालीदार दीवार के पास रोडवेज़ की बस खड़ी थी—उसी की बायीं ओर की खुली खिड़की पर झुकी तुम। तुम्हारा दूधिया चेहरा उस दिन हमेशा की तरह कितना उजला-उजला लग रहा था! बाल उड़-उड़कर खिड़की से बाहर आने के लिए मचल रहे थे। दुपट्टा बिखर रहा था। तुम न जाने कहां देख रही थी, खोयी हुई-सी!

सुहास टिकट-खिड़की पर खड़ा था, कमर झुकाये।

तुम्हें देखते ही कितनी हलचल-सी मच गयी थी मन में! आज कितने युगों बाद देखा था तुम्हें!

चौराहे के पास एक बार फिर मुड़कर देखा तुम्हारी ओर। इस बार तुम नहीं, केवल तुम्हारी बस दिखलायी दी थी, जिसके माथे पर 'भीमताल' लिखा था।

भीमताल तुम क्यों जा रही हो? सुहास भी क्यों चल रहा है तुम्हारे

साथ? आज सुबह तक भी उसने कोई ज़िक्र क्यों नहीं किया? तुमने मेरी ओर देखा ही नहीं, या देखकर भी अनदेखा कर दिया…?

होस्टल पहुंचने तक ऐसे ही अनेक प्रश्नों से मैं घिरा रहा। पागल-सा भटकता रहा सारा दिन—अपने से जूझता हुआ।

शाम को सुहेल के कमरे में सब बैठे थे। जी बहलाने के लिए मैं भी चला गया था। 'जीवाणु' रस ले-लेकर चुटकुले सुना रहा था—सुहास के कई पुराने किस्से, कि किस तरह वह 'नाइट-शो' देखने निकल जाता था। रात को राउंड लेने के लिए वार्डन आता तो देखता, सुहास सोया हुआ है। चौकीदार ने कई बार उसके भाग निकलने की शिकायत की, किन्तु वार्डन ने कुछ भी सुनने से इनकार कर दिया।

तभी एक बार रात को वार्डन लौट रहा था कि जूते बगल में दबाये, बजरी वाली पगडंडी पर धीमे-धीमे कदम रखता हुआ सुहास आता दिखलाई दिया। वार्डन को आश्चर्य हुआ—अभी-अभी मैंने इसे कमरे में सोया हुआ देखा, फिर यह कहां से?

सुहास ने चुपके से कमरा खोला तो उसी के साथ-साथ पीछे से वार्डन भी कमरे में घुस गया था। सचमुच बिस्तर पर उसे कोई सोया हुआ-सा लगा। रहस्यमय ढंग से उसने लिहाफ़ हटाया तो सिरहाने की जगह फुटबाल रखी थी, पांवों की जगह क्रिकेट के दो बल्ले…!

सब ठहाका लगाकर हंस पड़े थे।

इतने में बाहर से सुहास आता दिखलाई दिया—थका-थका-सा। उसे देखते ही हंसी का एक फव्वारा फिर फूटा।

"बड़ी मौज हो रही है यार आजकल?" सुहेल ने छेड़ा, "किसे घुमा लाये आज? कहां-कहां तक?"

सुहास यों ही हंस पड़ा, "ऐसे ही कुछ काम से भवाली चला गया था…।"

" 'समोसा' को घुमाने…?"

"नहीं-नहीं, कुछ और काम था ज़रूरी…।"

"हम 'काम' की ही तो बात कर रहे हैं यार, ज़रूरी काम की, जिसमें तुम प्रवीण हो!" 'जीवाणु' ने दीवानसिंह की ओर देखकर, बायीं आंख दबाते हुए चुटकी-सी ली।

सुहास हंस पड़ा। हंसते-हंसते बोला, "डॉक्टर दत्ता के कोई रिश्तेदार

सेनिटोरियम में पड़े हैं। उनकी खोज-खबर लेने गया था…।"

"अकेले तो तुम जा नहीं सकते। साथ में कौन था… ?" सुहेल ने शंका प्रकट की।

"डॉक्टर दत्ता की 'नीस'?"

"अनुमेहा?"

"हां…।"

सब एक साथ हंस पड़े, "यार, यहां घुमा-घुमाकर चैन नहीं मिला क्या, जो इतनी दूर ले गये बेचारी को। रोज़ ही तो एक-दो राउण्ड लगा लेते हो।" रॉबर्ट ने छेड़ा।

तुम्हारा प्रसंग चला तो फिर चलता रहा देर तक। तभी मेरे मुंह से तुम्हारे प्रति कोई अश्लील शब्द निकल पड़ा तो सुहास धक्-से रह गया। पहले मेरी ओर घूरकर देखता रहा, फिर तनिक संयत होकर बोला, "चलो गुरु, अपन रूम में चलते हैं। आप भी कुछ टायर्ड-से क्यों लग रहे हैं!" उसने ऐसे कहा, जैसे कुछ हुआ ही न हो।

मैंने दरवाज़ा खोला। कमरे में आते ही उसकी गम्भीरता कुछ बढ़ गयी थी। रोशनी जलाकर, चारपाई पर वह ठीक मेरे सामने बैठ गया और मेरी ओर देखता हुआ बोला, "आपके मुंह से ऐसे गंदे शब्द मैंने पहले कभी नहीं सुने थे, गुरु! आपको आज क्या हो गया है?"

मैं हंसने लगा, "अपनी-अपनी मरज़ी है, यार।" हवा में हाथ उछालते हुए मैंने कहा तो मेरा पैन फ़र्श पर गिर पड़ा। सुहास ने झट से उसे उठाया और मुझे देने के लिए तनिक पास आया तो वह चीख-सा पड़ा, "यह क्या? गुरु, आपने आज दारू पी है?"

उसकी आंखें फैलकर कितनी बड़ी-बड़ी हो गयी थीं! सारा शरीर झनझना रहा था।

"जब दुःख बहुत बढ़ जाता है न दोस्त, पीना अच्छा लगता है। तुम भी तो खूब-खूब पिया करते थे कभी। याद है…।" मैं हंसने लगा था—अट्टहास करता हुआ।

मेरी ज़ुबान लड़खड़ा रही थी, फिर भी पूरा-पूरा होश था!

सुहास का चेहरा उस पल कैसा-कैसा हो आया था! कितनी दया, कितनी करुणा, कितनी घृणा…!

यों ही मैं बिस्तर पर लुढ़क पड़ा था।

रात को दो-ढाई बजे के करीब उठा तो देखा, मेरे जूते उतरे हुए हैं। कोट हैंगर पर टंगा है। बिस्तर पर मैं आराम से सो रहा हूं। कमरे की बत्ती जल रही है। सुहास अपने बिस्तर पर लेटा छत की ओर देखता हुआ, सिगरेट पी रहा है—पीता चला जा रहा है!

19

समय पंख लगाकर कितनी तेज़ी से उड़ रहा था! इन दो-तीन ही सालों में कितना कुछ नहीं बदल गया था! डॉक्टर दत्ता ने भाग-दौड़ करके अपना तबादला फिर नैनीताल करवा लिया था। सुहास के पिताजी ने होस्टल से उठवाकर उसे डॉक्टर दत्ता के संरक्षण में 'ब्लू कॉटेज' भिजवा दिया था, ताकि अपने अध्ययन में उसे अधिक सुविधा मिल सके। अब वह पढ़ाई के साथ-साथ कम्पीटीशनों की तैयारी में भी जुट गया था।

आर्थिक स्थिति धीरे-धीरे गिर रही थी। मेरे लिए आगे पढ़ना पहाड़-सा लग रहा था। इसलिए छात्रावास छोड़कर मैंने तल्लीताल स्थित 'ईगल होटल' के एक खाईनुमा, टूटे, अंधेरे कमरे में शरण ले ली थी। मेरे साथ मेरा सहपाठी परमा भी आ गया था।

मुश्किल से दो चारपाइयों की जगह होगी। उसी में सोना, उसी में पढ़ना, उसी में भोजन बनाना! सूरज की किरणों से दूर, उस सीलन-भरे कमरे में ही मेरा सारा संसार सिमट आया था।

परमा जिस दिन अपने गांव से अत्तर ले आता, हम दोनों का सुल्फई चढ़ाकर, उस दिन पागलों की तरह हंसने या रोने का दौर शुरू होता···

किराया समय पर न चुकाने के कारण होटल का मालिक कम परेशान नहीं था, किन्तु अपना पेट काटकर, हम जो किराया उसे दे रहे थे, उसका लोभ उसे कुछ भी न कहने के लिए विवश कर देता। कभी-कभी वह स्वयं भी हमारे साथ 'बम-बम भोले-भोले' कहता हुआ, चिलम के निचले सिरे पर, बित्ते-भर का निचोड़ा हुआ गीला कपड़ा लपेटकर, इतनी ज़ोर से लम्बी सांस खींचता कि चिलम की ऊपरी सतह पर सहसा आग की लपट-सी उठ आती! फिर ढेर सारा धुआं स्वाद लेता हुआ रुककर छोड़ता तो कमरा धुएं से भर जाता।

परमानन्द उस दिन घर गया था, बहन की शादी में। अकेला ही मैं अंधेरे कमरे में पड़ा था मुर्दे की तरह। अंत में पड़े-पड़े भी ऊब गया तो किवाड़ खोल लिए थे मैंने और बाहर की ओर देखने लगा था, खोयी-खोयी दृष्टि से!

बाहर सड़क की पीली बत्ती पर कितने पतंगे मंडरा रहे थे! धुंध के उस पार, काली-धुंधली पहाड़ियों पर जुगनू की तरह कभी-कभी कोई प्रकाश-बिन्दु चमकता और ओझल हो जाता। शायद कोई बस आ-जा रही हो!

मैं सहसा उठ खड़ा हुआ। कपड़े बदलकर बाहर निकला तो घुटन कुछ कम हुई।

लेक-ब्रिज पर आज कितनी भीड़ थी! उजली झील पर कई इन्द्रधनुष तैर रहे थे। मुझे याद आया, आज फिर पूर्णिमा की रात थी। आज फिर वैसा ही ज्वार उमड़ रहा था। उसी तरह झील का निर्मल जल चन्द्र-प्रकाश में दर्पण की तरह चमक रहा था।

'दर्शनघर' के आगे एक अकेली बेंच पर मैं बैठ गया था—संज्ञाहीन-सा! पता नहीं कब तक बैठा रहा! सड़कें जब सूनी-सूनी हो गयीं, घरों की बत्तियां बुझने लगीं तो मुझे होश आया। मेरे पांव जल्दी-जल्दी लौटने लगे।

सीढ़ियां उतर ही रहा था कि अपने दरवाज़े के आगे एक छाया-सी खड़ी दीखी—काली-काली।

"कौन?" आश्चर्य से मेरे मुंह से निकल पड़ा।

छाया अपने स्थान पर तनिक हिली।

"मेहा, तुम?" मेरे सूखे होंठ खुल आये, "अंधेरे में! यहां!! इस समय!!!"

तुम अपलक मेरी ओर देख रही थी चुप। कितना कुछ नहीं था तुम्हारी आंखों में कहने के लिए!

पत्थर की मूर्तियों की तरह न जाने कब तक हम एक-दूसरे के आमने-सामने गूंगे-से खड़े रहे!

तभी सहसा तुम मुड़ी और धीमे-धीमे कदम रखती हुई अंधेरी सीढ़ियों के उस पार कहीं ओझल हो गयी थी!

तुम्हारे चले जाने के बाद भी वैसा ही खड़ा रहा था, काठ-सा, पता नहीं कब तक? कब मैंने दरवाज़ा खोला, कब अन्दर गया—मुझे याद नहीं।

उस रात मुझे लगता रहा, मैंने नशे में यों ही कोई सपना देखा होगा! तुम

आती तो क्या बोलती नहीं, बातें नहीं करती? हां, यह सोचना तो मैं भूल ही गया था उस क्षण कि तुम आती ही क्यों, अनुमेहा?

दूसरे दिन कॉलेज में सुहास ने बतलाया कि तुम आज प्रातः बस से नैनीताल छोड़कर चली गयी हो लखनऊ के लिए। अब वहीं रहोगी। वहीं पढ़ोगी—कभी भी नैनीताल नहीं आओगी···

20

"यह क्या कह रहे हो?" आश्चर्य से मेरा मुंह खुल आया।

"हां-हां, ठीक कह रहा हूं, गुरु!" सुहास उसी सहजता से बोला, "यहां उसका मन लग नहीं रहा था—पता नहीं क्यों? दिन-रात खोयी-खोयी-सी रहती। पहले अकेली, अकारण घूमती रहती थी—कभी झील के किनारे-किनारे तो कभी सूखाताल की कब्रों की तरफ़ निकल जाती···पूर्णमासी की रात झील के निकट बैठ जाती, बड़ी मुश्किल से उसे घर लाता था···इधर कुछ दिनों से उसने घूमना-फिरना बन्द कर दिया था···अपनी पढ़ने की मेज़ पर बैठ जाती और खिड़की खोलकर बाहर ताकती रहती···आड़ू के पेड़ के अलावा वहां से कुछ भी दिखलाई न देता था···अंकल किसी मनोरोग-विशेषज्ञ को दिखलाने की बात करते तो वह पागलों की तरह हंस पड़ती थी···परसों आंटी ने आड़ू का वह पेड़ भी कटवा दिया तो वह कितना-कितना रोयी थी···!"

"क्यों···कटवाया···?" मेरे होंठों से टूट-टूटकर ये दो शब्द बिखर गये थे।

"वहां गुलाब के पौधे लगवाने थे न! आंटी को इधर बागबानी का नया शौक जागा है। 'चौबटिया गार्डन' से उन्होंने तरह-तरह के पौधे मंगवा लिये थे! अपने 'चिड़ियाघर' की जगह भी उन्होंने क्यारियां बना ली हैं···!"

थोड़ी देर तक दोनों चुप रहे।

तभी मुझे याद आया, "इस समय तो एडमीशन मिलना भी कठिन होगा न···!"

"हां," उसे जैसे कुछ याद आया, "लेकिन प्रॉब्लम नहीं रहेगी शायद।

यूनिवर्सिटी में उसके कोई रिश्तेदार रजिस्ट्रार हैं। उसकी पटवाडांगर वाली जिज्जी के पति भी अब लखनऊ चले गये हैं। सम्भवत: उन्हीं के कहने पर अनुमेहा वहां गयी हो?''

मुझे सच नहीं लग रहा था—सच, तुम चली गयी, मेहा! मेरा मन आज किसी भी तरह, कुछ भी मानने को तैयार न हो रहा था! तुम्हारी अनुपस्थिति का इतना तीव्र अहसास अब क्यों हो रहा था? जब भी कहीं जाता, मेरी सूनी-सूनी निगाहें कुछ खोजने-सी क्यों लगती थीं? क्यों?

लेक-ब्रिज के ऊपर, डाकखाने के आगे लगी रेलिंग पर बैठा रहता। आते-जाते आदमियों को देखता—कहीं तुम फिर लौटकर न आ गयी हो! हो सकता है एडमीशन न मिला हो!...शाम को उन्हीं रास्तों पर, उसी तरह घूमता, जिस तरह तुम्हारे साथ कभी-कभी चला जाया करता था। उस दिन 'रॉक्सी' पर यों ही कोई पिक्चर देख आया था। उसी सीट पर बैठा, जिस पर उस दिन बैठा, जब हमने 'बाइसिकल थीफ' देखी थी! सुहास से मिलने के बहाने कितनी बार 'ब्लू कॉटेज' गया था। वह कमरा कितनी बार देखा, दीवारें छू-छूकर, जिसमें तुम्हें पढ़ाया करता था। वह छोटी-सी गोल मेज़ अब तक वहां उसी तरह रखी थी। उसी तरह उसके आसपास बेंत की दो कुर्सियां पड़ी थीं। उस स्थान को खोजता रहा, जहां बरसात में आड़ू का छतरीनुमा नन्हा पेड़, भीगा-भीगा-सा खड़ा रहता था—सिर झुकाये। पूरे चांद की रात में अकेला ही नाव लेकर निकल जाता। आसमान की ओर उठती उन चमचमाती लहरों में तुम्हारे हज़ारों प्रतिबिम्ब क्यों नज़र आते थे मुझे?

मेरे लिए यह सब असह्य हो उठा था। इतना एकाकी मैंने अपने को कभी भी अनुभव नहीं किया था।

शाम को कभी-कभी 'चील-चक्कर' के घुमावदार मोड़ों की तरफ़ निकल जाता। अंधियारे में लौटते समय कोई जीप या कार बल्दियाखान की तरफ़ से आती दीखती तो मैं पता नहीं क्यों सड़क के किनारे जिज्ञासा से देखता हुआ ठहर जाता। जब तक वह पास न आती, मेरी बगल से गुज़रकर ओझल न हो जाती, मैं ठगा-ठगा-सा खड़ा रहता।

मैं जानता था, तुम ऐसे, इस तरह कैसे आ सकती हो! फिर भी मेरा पागल मन मानता न था!

—आपके कपड़े कितने ठंडे हो गये हैं!

मैं स्वयं अपने ठंडे कपड़ों को सहलाता। सचमुच मुझे अपने कपड़े कितने ठंडे-ठंडे-से लगते!

अखबार में लखनऊ की खबर कोई होती, उसे बड़ी उत्सुकता से पढ़ता। न जाने वह शहर अब मुझे क्यों इतना अच्छा लगने लगा था, जिसे मैंने कभी भी देखा न था, जिससे कभी भी मेरा किसी किस्म का सम्बन्ध न रहा था।

21

''···कल सुहास आया था, किसी 'इंटरव्यू' के सिलसिले में। आपके बारे में उसने जो बतलाया, सच नहीं लगा—किताबें बेच-बेचकर भी आप नशा करते हैं···आवारा घूमते हैं···कल्पना सिंह के साथ मैंने खुद देखा था आपको। आंटी से जिस दिन आप कह रहे थे—नैतिकता-वैतिकता कुछ नहीं होती, मैं दरवाज़े के पास खड़ी सब सुन रही थी। जब शाम को आप उन्हें पाषाण-देवी की तरफ़ घुमाने का आग्रह कर रहे थे—'उस दिन आप ले गयी थीं न मुझे, आज मैं ले जाना चाहता हूं आपको···' इससे अधिक मैं सुन न पायी थी। अपने कानों पर मैंने हाथ रख लिए थे···आपका वह देवत्व-भरा स्वरूप कहां चला गया अब? आपने कभी सोचा—इस तरह 'आत्महत्या' करके आप अपनी ही नहीं, अप्रत्यक्ष रूप से कहीं किसी और की भी 'हत्या' तो नहीं कर रहे हैं?···आपकी इस दशा के लिए कहीं मैं भी तो दोषी नहीं! इतनी सज़ा, जो आप दे चुके हैं, क्या अभी पर्याप्त नहीं? भगवान् के लिए यह रास्ता छोड़ दें—आपको मेरी सौगंध! यह मेरा अन्तिम पत्र है। अब कभी भी आपको नहीं लिखूंगी। आपसे मिलने की इतनी बड़ी सज़ा क्या ज़िन्दगी-भर के लिए कम है···!''

नीचे न तुम्हारे दस्तखत थे, न पता ही लिखा था।

बार-बार, हज़ार बार पढ़ने के बाद भी मैं वह पत्र निरन्तर पढ़ता चला जा रहा था। जब-जब पढ़ता, आंसुओं में डूबा तुम्हारा चेहरा पलकों पर अनायास तैरने लगता।

"विराग, घर चल!" गांव से पिताजी आये थे, कह रहे थे, "ये क्या हाल कर लिये तूने? सोचता था, तुम पढ़-लिख गये तो⋯पर तुमने अब कहीं का भी तो नहीं रख छोड़ा हमें! मरते समय मुंह दिखलाने लायक भी नहीं⋯ब्राह्मण की औलाद होकर तुमने⋯तुम्हीं मेरे पूर्व-जन्म के कोई दुश्मन निकले या मेरे ही करम खोटे थे⋯।" पिताजी का गला रुंध गया था। आंखें डबडबा आयी थीं और उनके सामने मैं पालथी मारे, अपराधी की तरह बैठा था।

"⋯किसी दिन तुम किसी लायक बन गये तो सोचता था, अन्त समय में संन्यास लेकर हरिद्वार चला जाऊंगा। किसी आश्रम में भजन करूंगा, पर तुमने हमें घर में ही जोगी बना दिया। कोरी राख भी तो न बची अब⋯!"

कहते-कहते पिताजी मौन हो गये थे।

कुछ क्षण बाद सन्नाटा तोड़ते हुए फिर बोले, "तो कल घर चलें?" अपनी फटी हुई मैली धोती से उन्होंने आंखें पोंछीं।

"जैसा आप ठीक समझें⋯"

"सामान रात को ही बांध लें! सुबह ठंडे-ठंडे में निकल चलेंगे। शाम को पहाड़ीपानी तक भी पहुंच गये तो बहुत है।"

अपने कांपते हुए बूढ़े हाथों से वह मेरी बची-खुची पुरानी पुस्तकें समेटने लगे थे, " 'गीता-भाष्य', 'महाभारत', 'विष्णुपुराण'⋯कितनी किताबें खरीदकर दी थीं तुझे, पर तूने एक भी न रख छोड़ी। यहां इस 'छोटी विलायत' में आकर तू कुछ 'पढ़-लिख' गया है न! इसीलिए अब तुझे हमारा धर्म भी अधर्म लगता है। तेरा दोष नहीं, करम अपने ही काने निकले तो तू भी क्या करता⋯?"

सुबह सामान समेट ही रहे थे कि अपने गांव से परमानन्द आ गया था, छुट्टियां समाप्त करके।

"तुम्हारा ही इंतज़ार कर रहे थे।" मैंने कहा तो वह कुछ न बोला—केवल टटोलती निगाहों से देखता रहा। शायद सब कुछ समझ चुका था।

"बड़बौज्यू, ऐसा न करौ हौ?" उसने पिताजी की ओर देखा, "अब कुछ ही महीने की तो बात है! फाइनल देकर आ जायेगा। इस समय उठाकर ले जाने से इसका सारा साल ही नहीं, सारी ज़िन्दगी बेकार हो जाएगी⋯।"

पिताजी हंस पड़े थे। कितनी वेदना थी उनकी हंसी में, "अब ज़िन्दगी में और बिगड़ने के लिए रह ही क्या गया है? तू भी तो इसी का संगी-साथी है न, इसी का-जैसा कहेगा!"

परमा ने फिर कुछ न कहा, न पिताजी ही कुछ बोले। गम्भीर भाव से बैठे रहे—ध्यान की-सी स्थिति में!

अन्त में जागते हुए बोले, "विरा, शायद यह ठीक कह रहा है। कुछ ही महीने की तो बात है। खूब मेहनत से परीक्षा दे। अभी भी सब संभल सकता है..."

"नहीं-नहीं, यहां अब मेरा मन लगता नहीं। पढ़ने-लिखने में भी नहीं। घर जाकर जो आप कहेंगे, करूंगा। इस उमर में भी आपको इतना कष्ट दे रहा हूं...!" मेरा स्वर लड़खड़ा आया था।

पर पिताजी माने नहीं। मेरा सारा सामान खोलकर उन्होंने फिर से सहेज दिया था। आने वाले दो-तीन महीने का खर्च दे गए थे। मैं उन्हें 'पाइन्स' तक छोड़ने गया तो उन्होंने मेरी ओर पता नहीं किन निगाहों से देखा, "तेरी मां मरते समय कह गयी थी—हमारा विरा निरा-निरा पगला है। उसे कष्ट न देना...। उसकी बातें याद आती हैं तो फिर मुझे कुछ भी नहीं सूझता...!"

अपनी खद्दर की बंडी की भीतरी जेब से उन्होंने एक थैली-सी निकाली—अनेक गांठों से बंधी। एक-एक कर सारी गांठें खोलते रहे। अन्त में चांदी की पोंचियां निकलकर बाहर आयीं, "तेरी मां तेरे लिए छोड़ गयी थी। तू रख ले। तेरी तन्दुरुस्ती बहुत गिर गई है। कैसा काला-काला हो गया है, सींक जैसा! इसे बेचकर दूध लगा लेना। असली घी खरीद लेना। घर की चिन्ता न किया करना। सब ठीक हो जाएगा। पुरखों के पुण्य-प्रताप से तुम्हें दो रोटी का अभाव कभी नहीं रहेगा...।"

पिताजी ज़ार-ज़ार रो पड़े थे, छोटे बच्चों की तरह!

उनके चले जाने के बाद मैं कितना छटपटाता रहा था? दो-तीन दिन तक सो न पाया था। एक दिन प्रातः उठकर मैंने फिर किताबें जुटानी शुरू कर दीं। परमा का साथ छोड़कर अलग से एक कमरा ले लिया था। पागलों की तरह दिन-रात पुस्तकों में डूबा रहता। मुझे याद नहीं, इम्तहान तक के ये दिन कब, किस तरह बीते!

परीक्षा देकर घर आया तो वसन्त पहचानने तक में न आ रहा था। कैसा दुबला हो गया था, ज़ंग लगी कील-जैसा।

पिताजी ठीक ही तो कह रहे थे—घर में सचमुच कुछ भी शेष न था

अब! वसन्त ने बतलाया, "कभी-कभी खाने को कुछ भी नहीं होता तो दद्दा, हम भूखे ही सो जाते थे; पिताजी अकसर कह देते—मुझे भूख नहीं। बुढ़ापे में वैसे भी भूख बहुत कम हो जाती है। इसलिए खाया नहीं जाता…। मेरे लिए कहीं-न-कहीं से शाम तक कुछ ले ही आते। लाठी टेककर जजमानों के पास अब फिर जाने लगे हैं…।"

मैं जैसे जड़ हो गया था, बिलकुल पत्थर। कई दिनों तक गुमसुम-सा बैठा रहा। दारू-गांजा पहले से ही त्याग चुका था। अब मैंने बीड़ी भी छोड़ दी थी।

22

इतना पढ़ने-लिखने के बाद भी मैं किसी को तनिक भी सहायता पहुंचाने में अपने को असमर्थ पा रहा था। खेत पहले ही बिक चुके थे, जिस दिन घर भी बिकने लगा, मैं पूरा पागल हो गया था। आवेश में मैंने अपने तन के कपड़े फाड़ दिए थे। मन करता था—मशाल लेकर सारा संसार जला दूं।

रात को आग के पास पिताजी बैठे थे। वसन्त बैठा था। मैं बैठा था। मुझे लग रहा था, यह सब मेरे ही कारण हुआ है।

सुबह पिताजी कंधे पर धोती रखकर बाहर जाने लगे तो मैंने टोका, "आज से आप भीख मांगने नहीं जाएंगे!"

पिताजी विस्मय से मेरा मुंह ताकने लगे, "पुरोहिताई क्या भीख मांगना है रे?"

"भीख मांगना ही नहीं, भीख मांगने से भी बदतर है।"

वह हंस पड़े।

"जीवन-भर इतना संघर्ष करते रहे, अन्त में आपको क्या मिला?" मैंने कहा तो वह उसी तरह देखते रहे, "क्या मिला, इसका हिसाब लगाने की वणिकवृत्ति मेरी कभी नहीं रही, विरा! मुझे तो लगता है कि मुझे क्या नहीं मिला? प्रभु ने सब कुछ तो दिया है। तेरी मां मेरे आगे चली गई, कम भाग्यवान थी क्या? मैं…मैं…जिसके दो पुत्र-रत्न हों, उससे भाग्यवान और कौन होगा…?" आसमान की तरफ़ पिताजी के हाथ जुड़े थे और आंखें झर रही थीं।

मैंने उनके कांपते हुए कंधों पर रखी, फटी हुई मैली धोती उठा ली और सामने पड़ी दरी पर उन्हें बिठला दिया, "आज से आप बाहर नहीं जाएंगे! मैं काम करूंगा, कोई भी काम—किसी भी किस्म की मेहनत-मज़दूरी! वह भी न मिली तो खुलेआम चोरी करूंगा। डाका डालूंगा, लेकिन आपको भीख नहीं मांगने दूंगा···वसन्त भी अब घर में निठल्ला नहीं बैठेगा। पाठशाला में पढ़ेगा—मैं पढ़ाऊंगा उसे! मैं···!"

पिताजी का चेहरा कैसा हो आया था उस क्षण! हंसते हुए भी वे रो-से रहे थे। हांफते हुए बोले, "तू होश में नहीं, विरा! इत्ती-सी परेशानी में विचलित हो गया, रे! मनुष्य किसी भी स्थिति में भ्रमित न हो, यही तो सच्चा ज्ञान है। 'सुख-दुखे सभी कृत्वा···!' " इतने में खांसी का ऐसा दौर शुरू हुआ कि वह खांसते-खांसते दुहरे हो गए।

गांव में क्या काम मिलता भला! जंगल में इमारती लकड़ियां कट रही थीं। चीड़ के वनों में लीसे के कनस्तर भरे जा रहे थे। मैं उन्हें ढोने के काम में लग गया।

दुनिया में जो काम और कर सकते हैं, उसे मैं क्यों नहीं कर सकता—पता नहीं मेरे मन में यह भाव कैसे जागृत हुआ! मेरे भीतर से लोगों की परवाह करने की प्रवृत्ति छूट गई थी। दिन-रात मैं काम पर जुटा रहता। परन्तु ज्यों ही पल-भर का भी एकान्त आता, शुभ्र नीलाकाश में तैरते अकेले बादल की तरह सामने तुम आ जाती।

ज़िन्दगी में जो छूट जाता है, स्वप्नवत होकर वह दुबारा नहीं मिलता न! मेरा मन तब भटकने-सा लगता! अंधेरे में, गंदले पानी में मैं कुछ टटोलने-सा लगता—अनायास। किसी बर्फ़ीले रेगिस्तान में जैसे कोई नेत्रहीन भटक गया हो, उसी तरह मैं भी कहां-कहां नहीं टकरा रहा था—खाइयों में, खंदकों में, कंटीली झाड़ियों के अन्तहीन विस्तार में···

किसी छोटी-सी नौकरी के 'इंटरव्यू' के सिलसिले में, पढ़ाई छोड़ने के बाद पहली बार नैनीताल जा रहा था उस दिन। विनायक से नैनीताल तक अब मोटर-मार्ग बन चुका था, पर मेरे पास इतने भी पैसे नहीं थे कि बस का

किराया चुका सकूं। मैं थका हुआ था, लम्बे सफ़र से। मेरे सामने से खाली बस कच्ची सड़क पर धूल का गुबार उड़ाकर चली जाती और मैं रूमाल से मुंह झाड़ता हुआ देखता रह जाता।

वे दिन रह-रहकर याद आते रहे, जब नैनीताल में पढ़ा करते थे और अन्य छात्रों के साथ-साथ झुंड की शक्ल में इसी मार्ग से आते-जाते थे। किन्तु आज सब नया-नया-सा, अनचीह्ना-सा लग रहा था?

लग रहा था—हाथ से बहुत कुछ अनायास छूटकर, किसी अंधेरे में बिखरकर बिला गया है और मैं उसे समेटने का असफल प्रयास कर रहा हूं…!

यह शायद जून का महीना था। महीने का भी सम्भवत: अन्तिम सप्ताह। लगभग ये ही दो दिन थे, जब पहली बार यहां आया था। उसी दिन की तरह आज भी लेक-ब्रिज पर वैसी ही भीड़ थी। कारें आ-जा रही थीं। आज भी डोटियाल कुली हाथ में रस्सी और टोकन लिए यात्रियों से भरी बसों की ओर उसी तरह झपट रहे थे, जैसे तब झपटा करते थे। वैसे ही औरतों-मर्दों-बच्चों के रंग-बिरंगे गुलदस्ते सड़कों पर हंसते-मुसकराते चल रहे थे। किन्तु मैं खोया-खोया-सा सब देख रहा था, एकदम तटस्थ-सा। मेरे रग-रग में बसा यह शहर, इतना अजनबी-सा क्यों लग रहा था आज?

मुझे एहसास हो रहा था, रंचमात्र भी न बदलते हुए यह कहीं, कितना अधिक बदल चुका है! कोई भी चेहरा परिचित-सा लगता न था। सब अजनबी-अजनबी-से!

असल में परिवर्तन कुछ भी न हुआ था शायद। पर तुम यहां नहीं हो अब—इसी की कल्पना मात्र से सब-कुछ वीराना-वीराना-सा लगता। तुम्हारे अस्तित्व से जुदा करके, इस शहर की मैं कल्पना भी नहीं कर सकता था…।

न गुरखा-लाइन्स जाने का मन हुआ, न ब्लू कॉटेज, और न किसी मित्र से मिलने की इच्छा ही। सबसे अलग-अलग-सा रहा—बचता-कतराता हुआ-सा।

शाम को कचहरी रोड पर सुहास जैसा कोई आता दिखलाई दिया। कितना लम्बा-चौड़ा। निकट जाकर मैं उसे पहचानूं, उससे पहले ही सुनायी पड़ा, "अरे, गुरु, आप!"

लपककर वह मुझसे लिपट पड़ा। भीड़-भरी सड़क पर सबके सामने एक-दो चक्कर घुमाता हुआ बोला, "कब आए?"

"कल···।"

"कहां हो आजकल?"

"अपने ही गांव में।"

"यहां कैसे?"

"बस्स, देवर की दौड़ भाभी तक!" उसी का पुराना वाक्य मैंने दुहराया तो वह कितना खुश हो गया था, "अब तक याद है गुरु, आपको हमारा 'ब्रह्मवाक्य'! धन्य हो!" वह और भी ऊंचे स्वर में फट पड़ा।

"कर क्या रहे हो आजकल?" कुछ रुककर उसने पूछा।

"कुछ नहीं यार, मक्खियां मार रहे हैं!"

"फिर भी?"

"पहले कुछ दिनों तक बड़े-बड़े पापड़ बेलता रहा। इधर कुछ समय से गांव में प्राइवेट जूनियर हाईस्कूल खुल गया है, उसमें नाममात्र की मास्टरी कर रहा हूं!"

"पढ़ाई-लिखाई का सिलसिला?"

"बस्स, वह भी प्राइवेट ही चल रहा है, यार!" मैं हंस पड़ा, "तैयारी होती है तो इम्तहान दे देता हूं। नहीं तो टाल जाता हूं, आगे के लिए···!"

"कहां तक पहुंच गए···?"

"बस, अन्तिम सीढ़ी पार होने ही वाली है।"

"बहुत खूब! बहुत खूब! गुरु, एक दिन अवश्य तरक्की करेंगे···"

"हां, तुम्हारा आशीर्वाद रहा तो···" मैं कह ही रहा था कि वह एक धौल जमाता हुआ बोला, "खूब कही! क्या खूब!"

"यहां कब तक हैं? अभी जल्दी में तो नहीं···?" उसने कुछ रुककर पूछा।

"नहीं-नहीं···! कल सुबह लौटने का इरादा है।"

मेरी बांह पकड़कर वह चलने लगा, "सच्च गुरु, आप मिल गए तो लग रहा है नैनीताल आना सार्थक रहा। आज मैं आपके ही बारे में सोच रहा था।"

बजरी वाली सड़क पर हम नीचे उतर रहे थे। जूतों की कर्र-कर्र की तीखी आवाज़ आ रही थी।

"आजकल कहां हो?"

"इलाहाबाद यूनिवर्सिटी में!"

उसने जेब में से सिगरेट का पैकेट निकालकर मेरी ओर बढ़ाया, "लीजिए न!"

तनिक संकोच से मैंने हाथ हिलाया, "पीता नहीं।"

"पीता नहीं?" उसने दुहराया, "कब से छोड़ दी?"

"जब से तुम्हारा नैनीताल छूटा, यार!" यों ही मैं मुसकरा पड़ा।

उसी तरह मुसकराता हुआ वह बोला, "तो यों कहिए न, तब से सब कुछ छूट गया?"

'लेक-ब्रिज' के पास से मेरे मना करने के बावजूद उसने नाव ले ली। कोट को उतारकर, बड़े जतन के साथ उसने सामने वाली सजी-धजी रेशमी सीट पर रख दिया। उसी के बगल में मुझे भी बिठलाकर स्वयं पतवार चलाने लगा। मैंने भी चलाने का आग्रह किया तो बोला, "आप सामने बैठेंगे तो बातें आसानी से हो सकेंगी।"

"आपके दो रूप तो देख चुका गुरु, पर यह तीसरा संतुलित रूप पहली ही बार देख रहा हूं। आपसे मैंने बहुत कुछ सीखा है…। यों औरों से भी कुछ-कुछ सीखता रहा हूं। जीवन सीखने के लिए ही तो है…।"

कहता-कहता वह कहीं खो-सा गया था।

"डॉक्टर दत्ता कैसे हैं?" मुझे सहसा कुछ याद आया।

"क्यों, आपको पता नहीं?"

"क्या?" मेरा मुंह आश्चर्य से खुल गया।

"लास्ट ईयर उनकी डैथ हो गई थी।"

"कैसे?"

"ब्रेन-ट्यूमर की-सी शिकायत थी।"

"ओह, कितने भले थे बेचारे!"

"…"

"तो श्रीमती दत्ता कहां हैं अब?"

"चंडीगढ़ चली गई हैं, अपने पेरेंट्स के पास!"

"कभी मिली थीं?"

"हां, एक बार बरेली में चलते-चलते भेंट हुई थी। आपको बहुत याद करती थीं। आपका सम्मोहन सर्वत्र व्याप्त है, गुरु! पिछले महीने अनुमेहा मिली थी, लखनऊ में। वह भी आपका ज़िक्र कर रही थी।"

"कर क्या रही है आजकल?"

"वही, मेढक चीर रही है बेचारी! साल-दो साल में डॉक्टरनी बन जाएगी। आपकी कृपा से उसका भी जीवन बन गया, नहीं तो मैथ्स में एकदम ज़ीरो थी!"

"मेरी क्या कृपा थी यार, कृपा तो तुम्हारी थी, जिसकी बदौलत मुझे बीस रुपये मिल जाते थे और वह पढ़ लेती थी…।"

'रॉक्सी' के पास एक नया-नया रेस्तरां खुला था—'मेघदूत'। सुहास घूमता-घामता वहीं ले चला।

"आपसे प्रेरित होकर मैंने लगभग सारा सत्-साहित्य पढ़ डाला," सुहास कह रहा था, सिगरेट का छल्ला हवा में उछालता हुआ, "मुझे लगता है, जीवन में न तो अतिसंयम आवश्यक है, न अतिअसंयम! बुद्ध का संतुलित, सम्यक् सिद्धांत ही मुझे हर समस्या का एकमात्र समाधान नज़र आता है—न विरक्ति, न आसक्ति! यानी…"

"यानी आसक्ति और विरक्ति—दोनों साथ-साथ?"

"नहीं, नहीं! न विरक्ति, न आसक्ति!" वह हंसने लगा सहसा, "छोड़ो भी यार, इन बातों को। इतने दिन बाद मिले हो। अच्छा, यह बतलाओ, शादी की है या नहीं? हमारी 'गुरुआइन' कैसी हैं?"

"शादी-वादी क्या?"

"क्यों, कहीं 'लव-अफेयर' तो नहीं?" वह ज़ोर से हंस पड़ा था।

उसे भवाली जाना था, किसी आवश्यक कार्य से। चाय पीकर वह चला गया तो मैं फिर अपने को भीड़ में खोजने लगा था—अकेला-अकेला। उखड़ा-उखड़ा-सा।

सुबह चला जाऊंगा। पता नहीं, फिर कब आना हो! एक बार फिर सब कुछ जी भरकर देखने को बावरा मन आतुर हो उठा।

'ब्लू कॉटेज', माल रोड, ठंडी सड़क…सारी परिक्रमा पूरी करने के बाद मैं कितना सुकून-सा अनुभव कर रहा था! तुमसे जुड़ी हर वस्तु कितनी अच्छी लगती थी मुझे? ये घुमावदार सड़कें, यह नीली-नीली झील, ये हरे-भरे पेड़-पौधे—सब अपने-अपने-से लगते—अपनी ही सांसों के, अपने ही शरीर के, अपने ही जीवन के अभिन्न अंग! इन सबके बिना क्या अपने अस्तित्व की कल्पना भी कर सकता था मैं?

23

"आपके सिर के बाल कितने सफ़ेद हो गए, दद्दा!" ताली पीटते हुए, आश्चर्य से वसन्त कह रहा था।

मैं यों ही देखता रहा। मुझ पर जैसे कोई प्रतिक्रिया नहीं हुई।

"गंदे-गंदे लग रहे हैं, मैं बीन दूं, दद्दा?" उसने इतने भोले भाव से कहा कि मैं हंस पड़ा।

"न बीनने से क्या होगा रे··· ?"

"शादी नहीं होगी···।" हंसता हुआ, स्वयं ही झेंप गया था वह।

बगल के कमरे में शायद पिताजी बैठे थे। आंखें मूंदकर जाप कर रहे थे। जाप पूरा होते ही वह उठे और मेरे निकट आकर खड़े हो गए।

"यहां तेरा मन नहीं लगता न, विरा?" उन्होंने मां की-सी ममता से कहा, "इतना पढ़ने-लिखने के बाद गांव में मन लगेगा भी कैसे?" उन्होंने एक गहरी सांस ली।

मुझे याद आ रहा था, ठीक ऐसे ही शब्द पिताजी व्यंग्य में भी कहा करते थे कभी-कभी, जब उनसे तीव्र मतभेद हो जाता, किसी प्रश्न पर। पर आज उनका व्यवहार कितना बदला हुआ था! अम्मा की मृत्यु के पश्चात् लगता था, 'संन्यासी' पिता ने ममतामयी मां की ठौर ले ली है। मेरे सिर में दर्द होता तो सिरहाने बैठ जाते। घर में वही खाना बनता जो मुझे पसन्द था। बिना नारी का घर कैसा लगता है, जोगियों की जमात जैसा। किन्तु एक बार भी उन्होंने फिर मेरे विवाह की बात नहीं चलाई। घर-बाहर के सारे संकट स्वयं झेलते रहे—अम्मा की भी तो ऐसी ही आदत थी, अंतिम समय तक काम करती रहीं।

"यहां क्या परेशानी है? घर का स्कूल है। आप लोगों के साथ रहने का सौभाग्य फिर कब मिलेगा? कैसे?" कहते-कहते मेरा मन भारी हो आया था।

पिताजी उस समय चुप रहे। मेरे मन का बोझ, उनके मन पर शायद कहीं भारी पड़ रहा था। इतना हंसने-बोलने के बावजूद मेरी आन्तरिक व्यथा को पिता होने के कारण शायद किसी-न-किसी रूप में वह झेल रहे थे।

"सब तरक्की करके कहां-से-कहां पहुंच गए हैं, तू यहां इस गांव में

खूंटे की तरह कब तक बंधा रहेगा?'' एक दिन अवसर पाकर उन्होंने फिर प्रसंग छेड़ा।

मैं जानता था, वह क्यों कह रहे हैं? मेरी उपस्थिति उन्हें भार नहीं लग रही थी। अंतिम दिनों में मैं उनके साथ रहूं, उनकी आंखों के सामने—शायद वह यही चाहते थे, किन्तु न जाने क्यों उन्हें लग रहा था कि मैं यहां किसी भारी घुटन में जी रहा हूं—जेल की-सी यंत्रणा में!

''तू दिल्ली चला जा विश्वम्भर के पास। वहां कुछ कामकाज ढूंढ़। अपना चंद्रप्रकाश लग गया है, नन्दावल्लभ भी। तू भी कहीं-न-कहीं कुछ ढूंढ़ ही लेगा। उनसे क्या तू कुछ कम योग्य है··· ?''

मुझ पर जैसे कोई असर नहीं।

''वहां नहीं जाना चाहता तो लखनऊ चला जा। तेरे मामा की ससुराल वाले हैं—गोविंद के कका···। प्रथमा में मैंने ही उन्हें संस्कृत पढ़ाई थी। अब भी बहुत मानते हैं बिचारे।''

मेरे मना करने के बावजूद पिताजी ने स्वयं पत्र-व्यवहार शुरू कर दिया था।

पिताजी अपने जीवन के अंतिम चरण पर हैं। किसी भी क्षण जा सकते हैं। वसन्त की पढ़ाई चल रही है। मैं यहां से कहीं बाहर चला गया तो इनका क्या होगा? जो धेला-टका दिन-रात पढ़ाने से मैं जुटा ले रहा था, जिससे सुबह-शाम चूल्हा जल रहा था—उससे भी ये वंचित रह जायेंगे। बाहर जाकर कैसे, क्या काम पाऊंगा, सूझता न था···

मेरा शरीर यहां था, इस छोटे-से कस्बेनुमा गांव में, जहां मैं चल-फिर रहा था, हंस-बोल रहा था, पर मन हर क्षण कहां-कहां उड़ा रहता था! अपने टूटे हुए डैनों को फड़फड़ाता हुआ कभी मैं उस छोटी-सी मेज़ के निकट चला जाता, जिस पर तुम्हारी पेंसिल-कॉपियां बिखरी रहती थीं। जहां से पानी में भीगता छतरीनुमा वृक्ष साफ़ दिखलाई देता। कभी झील के किनारे-किनारे न जाने क्या खोजने लगता! अपने कमरे के आगे रात की रानी की महक मैं यहां भी क्यों अनुभव किया करता था? यहां की मोटर रोड के मोड़, मुझे चील-चक्कर के घुमावदार मोड़ों से कितने मिलते-जुलते लगते थे। आसमान में वैसे ही रंग-बिरंगे छितरे बादल! चीड़-देवदार के वनों को लीलता हुआ, वैसा ही आगे बढ़ता कुहासा···

मुझे लगता, जब तक मैं यहां रहूंगा, ये इसी तरह निरन्तर दिखलाई देते

रहेंगे। इनसे मैं कभी भी मुक्त न हो पाऊंगा।

मेरी भी कुछ आशाएं-आकांक्षाएं थीं। जीवन में मैं भी कुछ करना चाहता था, किन्तु अतीत के दलदल में से निकले बिना रंचमात्र भी आगे बढ़ पाना असम्भव-सा लगता था।

पर-कटे पक्षी की तरह ऊपर उड़ने के असफल प्रयास में वहीं पर गिर-गिरकर मैं छटपटा रहा था।

तभी एक दिन देखता हूं, मैं मोटर-मार्ग के किनारे खड़ा हूं। एक छोटे-से ट्रंक के ऊपर दरी-बंधा बिस्तरा रखा है। पिताजी और वसन्त पहाड़ के उस पार के मोड़ से आती बस की घरघराहट सुनने के लिए आतुर हैं।

''विरा, तुझे ढंग की नौकरी मिल गयी तो अब के जाड़ों में हम भी वहीं चले आयेंगे। खूब घाम तापेंगे।'' पिताजी सोच कुछ और रहे थे, कह कुछ और रहे थे, मुझे बहलाने के लिए।

''वहां अच्छे-अच्छे स्कूल होंगे। वसन्त वहीं पढ़ेगा। मेरा क्या, कहीं किसी आश्रम में प्रभु का नाम भजूंगा। मेरी अन्तिम आकांक्षा भी पूरी हो जाएगी···!'' पिताजी सच, उस क्षण कितने भावुक हो आए थे, ''सत्य की सन्तति, असत्य का धन···!'' पता नहीं क्या सोचकर वह कहते-कहते चुप हो गए थे!

वसन्त बिस्तर के ऊपर बन्दर की तरह बैठ गया था। इतना बड़ा होने पर भी न जाने उसे अक्ल कब आएगी? बस की प्रतीक्षा में कुछ और लोग भी सड़क के इधर-उधर उत्सुकता से खड़े थे। आसपास के घरों के कुछ लोग यों ही खड़े हो गए थे, तमाशा-सा देखने के लिए।

''अपने ही गांव-गिराम के, अपने ही निकट के कुछ लोग कितने खुश थे कि चलो, पंडित की औलाद बिगड़ गयी! पर मेरे पुण्य कहीं अकारथ जा सकते थे? विरा, देख लेना, एक दिन तू सबसे आगे न निकला तो! तुझसे ही हमारा नाम रोशन न हुआ तो···!'' पिताजी की सौम्य-शान्त आकृति में उस क्षण कितनी रेखाएं सहज ही खिंच आयी थीं!

पीछे से खचाखच भरी बस आई तो सब चील की तरह झपटे। पिताजी अपने कांपते हाथों से बिस्तर ऊपर चढ़ा रहे थे, ''तू बैठ जा न सीट पर! खड़ा-खड़ा कैसे जायेगा?''

बस चलने लगी तो मन्दिर की दिशा में उनके हाथ स्वयं जुड़ आये।

डबडबाई आंखों से धूल उड़ाती बस के पीछे-पीछे वह देखते रहे,

"विरा, चिट्ठी देना, हां··· ?"

उस समय क्या पता था कि उनके ये ही अंतिम शब्द मुझे सुनने को मिलेंगे···ये ही अंतिम दर्शन···

24

तुम से मुक्त होने के लिए ज्यों-ज्यों दूर जा रहा था, मुझे लग रहा था, त्यों-त्यों तुम्हारे निकट आता चला जा रहा हूं।

टनकपुर से ट्रेन में बैठा तो तुम्हारे ही खयालों में घिरा रहा। बरेली से होकर ही तो दिल्ली का रास्ता है, हो सकता है, तुम कहीं मिल पड़ो!

लखनऊ में रहने की सुविधा अधिक थी, परन्तु इसलिए मैंने टाल दिया था कि जिस आग के दरिया से निकलकर बाहर आया हूं, उसमें दुबारा नहीं जाऊंगा। अभी तक भी उसकी तपिश से मैं झुलस रहा था।

तुम्हारे बिना, तुम्हारी स्मृतियों के बिना जीना असम्भव-सा लगता था, किन्तु यह भी कटु सत्य था कि तुम से मुक्त हुए बिना मैं जी ही नहीं सकता था।

सचमुच यह कैसी विडम्बना थी मेरे साथ! तुम्हारे निकट भी आना चाहता था, तुमसे मुक्त होने की आकांक्षा भी रख रहा था—ताकि मैं जी सकूं।

जहां-जहां गाड़ी रुकती, बाहर भीड़ में मैं कुछ खोजने-सा क्यों लग जाता था! सफ़ेद कपड़ों में जो भी आकृति दूर से आती दीखती, मुझे लगता, वह तुम ही तो नहीं! वैसे ही बिखरे-बिखरे सुनहरे बाल, हवा में लहराता वैसा ही सफ़ेद आंचल, वैसी ही अधमुंदी आंखें, वैसा ही निर्मल-निर्विकार दूधिया चेहरा! हे भगवान्! मैं आंख मूंद लेता।

ये कितने-कितने भ्रम पाल लिए थे मैंने!

बरेली-जंक्शन पर सचमुच तुम्हें खोजने-सा लगा था मैं। यहीं तो घर था न तुम्हारा! हो सकता है, छुट्टियों में आई हो! हो सकता है, छुट्टियां बिताकर लखनऊ जाने के लिए स्टेशन तक आई हो!

प्लेटफॉर्म 'एक' पर लखनऊ से दिल्ली जाने वाली मेलगाड़ी आती थी—ठीक बारह बजकर पांच मिनट पर।

पौने बारह बज रहे थे अब। कुली सामान रखकर किसी दूसरी गाड़ी के यात्री उतार रहा था। सुना था, इस गाड़ी में भीड़ इतनी अधिक होती है कि चढ़ पाना असम्भव-सा हो जाता है? यही सोचकर कुली को दुगुनी राशि देना स्वीकार किया था कि वह सामान के साथ-साथ मुझे भी खिड़की से भीतर धकेल सके।

ब्रॉड-गेज की इतनी चौड़ी, भारी-भरकम पटरियां आज मैं पहली ही बार देख रहा था। उन पर से होकर, शोरगुल करती, धड़धड़ाती, लम्बे इंजन वाली गाड़ी तीर की तरह गुज़रती तो मेरा दिल धड़कने लगता।

धीरे-धीरे भीड़ बढ़ रही थी। भीड़ के साथ-साथ पता नहीं क्यों मेरी आतुरता भी बढ़ती चली जा रही थी।

तभी सामने वाले प्लेटफ़ॉर्म में किसी गाड़ी से उतरती तुम-सी दिखलाई दी थी। छरहरी, सफ़ेद छाया-सी! सिर पर क्रीम कलर की छतरी। उसी रंग का हाथ में झूलता पर्स!

प्लेटफ़ॉर्म के ऊपर बने पुल से नहीं, तुम सीधी पटरियां पार कर इधर आ रही थी—नम्बर एक प्लेटफ़ॉर्म की तरफ़। जहां बिस्तर के पास मैं खड़ा था, पास ही बैठा कुली अब बीड़ी पीता हुआ खड़ा हो गया था। सिगनल हरा हो चुका था। धुएं की एक मोटी लकीर-सी निकट आती चली जा रही थी। पटरियों पर एक खास किस्म की सनसनाहट-सी।

ज्यों-ज्यों तुम पास आ रही थी, त्यों-त्यों मेरा आश्चर्य बढ़ता चला जा रहा था। मैं बार-बार आंखें मलकर देख रहा था। आंखें भी तो धोखा खा जाती हैं कभी? ऐसा ही कुछ-कुछ मुझे पीलीभीत स्टेशन पर भी हुआ था, जब सफ़ेद साड़ी पहने एक लवंगलता-सी तन्वंगी किसी सैनिक अफसर के साथ दूर से आ रही थी।

इस बार तुम्हारे बाल सचमुच हवा में उड़ रहे थे। साड़ी का आंचल सामने से उतरकर पताका की तरह बिखर रहा था, तुम्हीं से लिपटने के लिए मचलता हुआ!

छोटी-सी अटैची सिर पर रखे, लाल कुर्ता पहने एक कुली धीमी चाल से चलता हुआ तुम्हारे पीछे-पीछे आ रहा था—एक के बाद एक पटरियां पार करता हुआ।

तुम मेरे कितने निकट आ गयी थी—अब ठीक सामने। बीच में दो पटरियों का तो फासला रह गया था!

मेल-ट्रेन पटरियों को चीरती हुई धीरे-धीरे आगे बढ़ रही थी। उसी के साथ-साथ हलचल भी बढ़ती चली जा रही थी। सामान सिर पर रखकर कुली सन्नद्ध खड़े हो गए थे। अपना-अपना मोर्चा संभालते हुए आगे-पीछे बढ़ रहे थे।

तभी तुम्हारी निगाहें टकरायीं—"आप?" तुमने हवा में हाथ उछालते हुए कितने आश्चर्य से कहा था। तुम कदम आगे रखने ही वाली थी कि कुली ने तुम्हारी बांह पकड़कर तुम्हें रोक लिया था।

तब तक हमारे बीच में काले अजगर-सा फुंफकारता इंजन आ गया था। उसके पश्चात् एक के बाद एक डिब्बों की कतार! और सहसा सब कुछ ओझल हो गया था पल-भर में।

ट्रेन अच्छी तरह अभी रुकी भी न थी कि कुली सामान उठाए एक डिब्बे के साथ-साथ दौड़ने-सा लगा था।

मेरी निगाहें कुछ खोजने का असफल प्रयास कर रही थीं, पर मैं यन्त्र की तरह कुली के साथ-साथ खिंचता चला जा रहा था, लगभग दौड़ता हुआ-सा।

पता नहीं, किस तरह कुली ने सामान भीतर ठेला और बन्द दरवाज़े की खुली खिड़की से एक अदद सामान की तरह मुझे भी भीतर फेंका—मुझे कुछ याद नहीं।

मैं जब तक कुछ संभलूं, तब तक ट्रेन की चिंघाड़ से प्लेटफ़ॉर्म थरथरा उठा था। गार्ड की सीटी के साथ-साथ बड़े-बड़े भारी पहिये घूमने लगे थे। मैं खिड़की से कुछ खोजने का प्रयास तब तक करता रहा, जब तक ट्रेन शहर की सीमा से बाहर न चली गयी।

25

बिलकुल विदेश-सी लग रही थी दिल्ली। लगता था, जैसे भीड़ में खो गया हूं। दो-तीन साल तक निरन्तर भटकता रहा, तब कहीं पांव टिकाने को किंचित् ठौर मिल पायी थी!

कनॉट-प्लेस में एक दिन 'जीवाणु' मिल पड़ा था। कितनी खुशी हुई उसे देखकर!

देखते ही वह पहचान गया था, "विराग, तुम!"

"हां···!" मैंने विस्मय से कहा था।

'जीवाणु' वैसा ही सूक्ष्म था अब तक। कद-काठी, बोल-चाल, कहीं रंचमात्र भी तो परिवर्तन नहीं।

"कहां हो आजकल?"

"यहीं लोदी रोड पर···।"

"किस काम में?"

"एग्रीकल्चर मिनिस्टरी में यू-डी-सी हूं। तुम?" उसने मेरी ओर देखा था।

"रेडियो में हूं···।"

"दिल्ली में कब से हो?"

"यही दो-तीन साल से···।"

"..."

"इससे पहले कहां थे?" मैंने पूछा।

"लखनऊ में।"

कनॉट-सर्कस के गोल दायरे में देर तक हम टहलते रहे थे। नैनीताल से कब आया, लखनऊ कितने साल रहा, दिल्ली में कब से है—वह बतलाता रहा।

"लखनऊ में और भी कोई परिचित···?"

"कुछ दिन सुहास रहा था डी०एफ०ओ० की ट्रेनिंग के बाद···। हां, गुरु, आपकी शिष्या थी वहां!" उसे जैसे एकाएक याद आ पड़ा।

"कौन? कौन?" जानते हुए भी मैं अनजान बन रहा था।

"वही न, डॉक्टर दत्ता की नीस! जिसे कभी आप पढ़ाया करते थे। क्या नाम था···?"

"अनुमेहा।"

"हां-हां, अनुमेहा! एक-दो बार हॉस्पिटल में देखा था। ठीक हीरोइन जैसी लगती थी।"

कोरी भावुकता से, किसी सीमा तक ऊपर उठ चुका था अब। ज़िंदगी में ही नहीं, भावनाओं में भी एक प्रकार की स्थिरता आ गई—ठहराव-सा। इन कुछ ही वर्षों में अपने में कितना परिवर्तन अनुभव कर रहा था।

लखनऊ गया था, कुछ ज़रूरी काम से। सोचा, वक्त मिले तो तुमसे भी मिल लिया जाए।

मैं अस्पताल की ओर बढ़ रहा था—चुपचाप।

यही था वह शहर, जिसे अन्तर की आंखों से कितनी बार देखा था। तब दुविधा थी, संशय था। पर आज ऐसा कुछ भी अहसास नहीं हो रहा था। न कुछ अटपट-अनहोना-सा ही लग रहा था। न कहीं अजनबीपन ही।

चलते-चलते मैं सोचता रहा—

मरीज़ों को देखने में तुम व्यस्त होगी। माला की तरह आला गले में डाले तेज़-तेज़ कदमों से वार्ड की ओर गैलरी में चल रही होगी या थकी-थकी-सी कुर्सी पर निढाल लेटी, कुछ सोचने में लीन!

इतने वर्षों बाद सहसा मुझे सामने खड़ा देखोगी तो तुम पर कैसी प्रतिक्रिया होगी! तुम कितना चौंकोगी, कितने अचरज से देखोगी! अपनी आंखों पर तुम्हें विश्वास ही न हो पायेगा न!

तुम्हारे चेहरे पर अब गम्भीरता होगी। उम्र की कुछ गहरी रेखाएं।

अपनी कनपटी के पास उग आये सफ़ेद बालों का मुझे सहसा स्मरण हो आया।

सचमुच इन वर्षों में दुनिया कहां-की-कहां चली गई थी! कितना कुछ घटित नहीं हुआ था। जो बच्चे थे, वे जवान हो गए। जो जवान थे, वे…

फुटपाथ पर ठोकर लगते-लगते बची।

हो सकता है, तुमने विवाह कर लिया हो! हो सकता है, जो बीत गया, उसे तुम भुला चुकी हो! हो सकता है, तुम इतना बदल गयी हो कि मैं पहचान ही न पाऊं!

हॉस्पिटल के प्रमुख द्वार के भीतर प्रवेश करते ही मेरी आंखें कितनी उतावली हो उठी थीं। मन में संयम का बांध टूटने-सा लगा था।

मेरे कदम अपने आप तेज़-तेज़ चल रहे थे। मेरे दिल की धड़कन कुछ और बढ़ गयी थी। वह थोड़ी-सी दूरी तय करना कितना भारी-भारी-सा लग रहा था अब!

नीचे पहली मंज़िल पर तुम्हारा वार्ड था। किसी से पूछा तो बिना कुछ बोले बगल वाले कमरे की ओर उसने इंगित कर दिया था।

कमरे के बाहर दाहिनी तरफ़ छोटी-सी, कलात्मक पट्टी-सी लगी थी। काले प्लास्टिक के ऊपर उभरे संगमरमर-से सफ़ेद अक्षर। हिन्दी में लिखा

था : 'डॉ० अनुमेहा'

अनुमेहा!

मेहा!!

फुसफुसाते हुए मेरे होंठों से अनायास तुम्हारा नाम निकल पड़ा था। दरवाज़ा अधमुंदा था। हलके नीले रंग का खादी का धुला हुआ पर्दा लटक रहा था—धीरे-धीरे हवा में हिलता हुआ।

मैंने दस्तक दी।

"कौन? आइए··· । कम इन।"

सच! तुम्हारी ही यह आवाज़ थी। आज कितने वर्षों बाद इसे सुन रहा था।

तनिक झिझकते हुए मैं भीतर की ओर बढ़ा। झांका ही था कि तुम्हारे होंठ सहसा खुल पड़े, "अरे! आप!"

"हां।" बड़ी मुश्किल से मैं कह पाया। पता नहीं, उस क्षण इतना भावुक क्यों हो आया था।

"आइये, आइये!" तुम आरामकुर्सी से सहसा उठ पड़ी थी, "बैठिये!"

मैं खड़ा था। तुम खड़ी थी। दोनों एक-दूसरे की ओर देख रहे थे। अपनी आंखों पर जैसे विश्वास न हो पा रहा हो।

"अरे, बैठिए न!" तुम्हें जैसे सहसा शिष्टाचार का भान हुआ था, "आप खड़े क्यों हैं!"

सामने सफ़ेद कपड़े से ढंकी मेज़ पर आला रखा हुआ था। तुमने डॉक्टरों वाला सफ़ेद कोट पहन रखा था।

बगल वाली कुर्सी तनिक सामने खींचकर मैं बैठ गया था।

अपनी कुर्सी पर हौले-से बैठते हुए तुमने कहा था, "मुझे मालूम था, एक दिन आप अवश्य आयेंगे··· ?" तुम जैसे मुझे नहीं, स्वयं को सुनाकर कह रही थी—धीरे-धीरे।

"डॉक्टरी के साथ-साथ ज्योतिष भी सीख ली क्या?" मैंने हंसते हुए कहा तो तुम झेंप-सी आयी थी।

मेरे मना करने के बावजूद तुमने चाय मंगा ली थी।

"कब आये?"

"कल शाम।"

"कहां रुके हैं?"

''महानगर।''

''कौन है, कोई रिलेटिव?''

''हां...।''

तुमने सामने से, धीरे-से आला उठाया और उसके साथ खेलने लगी थी—यों ही, अकारण?

''हां, कहां हैं आजकल, यह तो बतलाया नहीं!''

''जानना ज़रूरी है क्या?'' मैं हंस पड़ा था।

तुमने कितने अधिकार-भरे स्वर में कहा था, ''हां!''

''ऐसे ही कुछ मेहनत-मज़दूरी कर लेते हैं। कुलीगिरी!''

तुम हंसने लगी थी। तुम्हारी हंसी वैसी ही मोहक थी! दूधिया दांतों की वैसी ही चमक!

बिखरे बालों को समेटते हुए तुम मेरी ओर कुछ टटोलती निगाहों से देख रही थी।

''फिर भी...?''

मैं फिर हंस पड़ा था, ''रेडियो में हूं...।''

''किस पोस्ट पर?''

''प्रोड्यूसर।''

''कहां?''

''दिल्ली।''

''कब से हैं दिल्ली में?''

''यही कोई सात-आठ साल से।''

''मैं भी पिछले महीने दिल्ली गयी थी। दो दिन रुकी...।''

''कहां?''

''ज़ोरबाग में, हमारे रिश्ते के अंकल लगते हैं। आपके बारे में पता होता तो अवश्य मिलती!''

चाय आ गयी थी। तुम स्वयं बनाने लगी थी। प्याले में चीनी डालते हुए तुमने एक बार मेरी ओर देखा था, ''उतनी ही चीनी लेंगे?''

''कितनी...?''

''जितनी तब लिया करते थे।''

''कब?'' मैंने बड़े अनजान भाव से पूछा तो तुम अपनी हंसी रोक नहीं पायी थी।

तुमने ठीक डेढ़ चम्मच चीनी मेरे प्याले में डाली थी। मुझे आश्चर्य हुआ—अब तक तुम्हें सब याद है—एक-एक बात!

"कभी नैनीताल गयी थी?" मैंने मौन तोड़ते हुए कहा।

"हां···!" तुमने हलकी-सी सांस ली।

"कब?"

"अंकल की डैथ के समय।" तुम्हारा चेहरा एकाएक उदास हो आया था।

"कितने दिन रुकी?"

"केवल एक दिन।"

"अधिक क्यों नहीं?"

"पता नहीं।" तुमने अपने माथे पर उभरी रेखाओं को अंगुलियों के पोरों से सहलाते हुए कहा था, "चाहते हुए भी रुक न पायी थी। मुझे अजीब-अजीब-सा लगता है वहां। बेहद अजनबीपन-सा।"

"अधिक आत्मीयता में से भी कभी-कभी अजनबीपन उभरने लगता है न!" मैंने कहा, पर प्रत्युत्तर में तुम चुप हो गयी थी। जो तुम भीतर-ही-भीतर कहीं सोच रही थी, दर्पण की तरह तुम्हारे चेहरे से साफ़ झलक रहा था।

"एक बार बरेली में तुम्हें देखा-जैसा लगा था···!"

तुमने कोई उत्तर नहीं दिया। मेरी ओर तुम देखती चली जा रही थी।

"सुहास कहां है आजकल?"

तुम जैसे नींद से जागी, "पहले कुछ समय तक किसी सर्विस में था। पर अब सुना है, कोई कारोबार शुरू किया है। खूब कमा रहा है!"

इतने में भागता-भागता हाउस-सर्जन-सा कोई आया, "डॉक्टर, बेड नंबर थ्री की हालत सीरियस है। ऑक्सीजन···।"

तुम हड़बड़ाकर उठ बैठी थी।

अपने दोनों हाथ में आला मज़बूती से पकड़कर तुमने कहा था, "अभी ज़रा जल्दी में हूं। शाम को घर आइए न! आइ विल वेट फ़ॉर यू!"

"शाम की गाड़ी से जा रहा हूं!"

"नहीं-नहीं! कैसे चले जाएंगे?" तुम्हारा स्वर अधिकार-भरा था, "मैं घर ही रहूंगी। अवश्य आइए?" पता देकर तुम सामने वाले बड़े कमरे में ओझल हो गयी थी।

शाम की रिज़र्वेशन थी। जाऊं, न जाऊं—इसी दुविधा में देर तक झूलता रहा। अन्त में पता नहीं क्या सोचकर मैंने टिकट कैंसिल कर दी थी, पर कुछ दूसरे कामों में ऐसा उलझा कि रात दस बजे से पहले समय न मिल पाया।

तुम्हारे बंगले के बाहर इस समय रोशनी नहीं जल रही थी। हां, भीतर हलका-हलका नीला प्रकाश अवश्य बिखर रहा था।

उस रोशनी में तुम्हारा घर स्वप्नलोक-जैसा लग रहा था।

कमरे के निकट पहुंचा तो सितार का मन्द-मन्द करुण स्वर हवा में तिर रहा था। तुमने अपना दरवाज़ा यों ही अधमुंदा छोड़ दिया था। धीरे-से किवाड़ खोलकर मैं अन्दर गया—पर तुम किसी दूसरी ही दुनिया में खोयी हुई थी। सितार बजाने में इतनी तल्लीन थी कि तुम्हें मेरी उपस्थिति का भी भान न रहा।

रात्रि के उस नीरव वातावरण में सितार के तारों में रह-रहकर झंकृत होता हुआ कम्पित स्वर कितना करुण लग रहा था! तुम्हारी सधी हुई अंगुलियां तारों को कितने सहज ढंग से छेड़ रही थीं—दर्द-भरा स्वर बिखर रहा था। तुम्हारे गालों पर दो गीली लकीरें-सी खिंच आयी थीं, जिनसे बूंद-बूंद मोती झर रहे थे।

26

पता नहीं कब तुम्हारी तंद्रा-सी टूटी! सजल नेत्रों से तुम देख रही थी, देखती जा रही थी—अचरज से।

तुम्हारे होंठ चुप थे। आंखें स्थिर।

"मे—हा!"

"..."

"तुम रो रही हो, मेहा?"

"नहीं तो—!" तुमने यों ही सिर हिलाकर, हंसने का प्रयास किया था। उस प्रयास में इतनी पीड़ा थी कि मेरा सारा शरीर हिल गया था।

"आज आपको देखकर···जैसे सोया हुआ दर्द जग पड़ा हो! कभी-कभी मन ऐसे ही उदास हो आता है—अकारण! पर आप इतने गम्भीर क्यों हो गए···?"

मैं अब भी चुप था। वायुमंडल में कुछ तिर-सा रहा था। तुम्हारा स्वर तुम्हारा-जैसा नहीं लग रहा था। दीवार की तरफ़ से जैसे कुछ शब्द हवा में बिखर रहे हों—टूट-टूटकर।

"मैं तो सोच रही थी, आप नहीं आयेंगे। जाना ज़रूरी बतला रहे थे न!"

"जाना तो था, पर पता नहीं क्यों, जा नहीं पाया?"

"बैठेंगे नहीं?" तुम सीतलपाटी पर से उठने का प्रयास कर रही थी। सितार को एक कोने पर ले जाकर, हौले से तुमने सुला दिया था। फिर 'अभी आयी' कहती हुई, भारी-भारी कदम रखती धीरे-से पर्दे के उस पार कहीं ओझल हो गई थी।

तुम्हारे कमरे की प्रत्येक वस्तु को मैं कितनी जिज्ञासा से देख रहा था। सामने बुद्ध की ठीक वैसी ही काष्ठ-प्रतिमा थी, जैसी कभी मैंने उपहार में तुम्हें दी थी···बायीं दीवार पर नैनीताल का विशाल तैल-चित्र छाया हुआ। पूर्णमासी की चांदनी में आसमान की ओर उछलती लहरें···आज जोगिया रंग की साड़ी पहन रखी थी तुमने—यह रंग मुझे बहुत पसंद था···।

तभी पर्दे पर सरसराहट-सी हुई। दरवाज़े पर आहट। देखा—तुम कमरे में आ रही हो। हाथ-मुंह धोने के बाद फूलों की-सी ताज़गी से भर आया था तुम्हारा चेहरा।

"यों घूरकर क्या देख रहे हैं?" तुमने तनिक हलके होते हुए कहा।

"तुम्हारी आंखों में इस समय वही मेहा झांक रही है, जो शीशे की कटोरी में दही लिए उस दिन खड़ी थी···। ओह, आज कितने बरस बीत गए—पूरा एक युग?"

"वह तो कब की मर गयी—!"

"हां, तभी तो इतना याद आती है। काश, वह सचमुच मर गयी होती···!"

तुम्हारे चेहरे पर एक साथ कितने भाव आ-जा रहे थे!

"वह सब भूल क्यों नहीं जाते?"

"हां, तुम ठीक कह रही हो···!"

कमरे में असह्य मौन व्याप गया था। उससे त्राण पाने के लिए तुमने मेरी ओर देखा था, "क्या लेंगे—ठंडा, गरम?"

तभी फ़ोन की घंटी घनघनाई। भागती हुई तुम दूसरे कमरे में चली गयी थी।

मैं उठ खड़ा हुआ और कमरे में यों ही चहलकदमी करने लगा था।

खिड़की का पर्दा हटाकर बाहर का दृश्य देखने लगा। दूर कहीं हरे रंग की नियॉन-लाइट दिपदिपा रही थी।

मुझे आज क्या हो रहा है, मेरी समझ में नहीं आ रहा था। जिस भावुकता से उबर चुका था, वही आज फिर-फिर क्यों घिर रही थी?

"क्या देख रहे हैं?" तुमने पीछे से, मेरे बहुत करीब आकर कहा।

"देखो, वह रोशनी कितनी अच्छी लग रही है…! हां, यह फूलों की महक कहां से आ रही है?"

"अपने किचन-गार्डन से। मैंने वहां कितने फूल उगाये हैं! रात की रानी की महक आपको बहुत अच्छी लगती थी न! आइए, दिखलाऊं, कितनी खिली है…!"

सचमुच रात की रानी महक रही थी।

"वह छतरीनुमा छोटा-सा पेड़ किस चीज़ का है?"

"कुछ नहीं—! चलिए न भीतर—!"

तुमने किवाड़ कितने ज़ोर से बन्द कर दिए थे!

"हां, बतलाइए न! क्या लेंगे—ठंडा, गरम?"

कितनी मासूमियत से तुम कह रही थी! तुम्हारे चेहरे पर अबोध बच्चों की-सी जिज्ञासा थी।

"बोलिए भी न!" तुमने कहा तो मैं रहस्यमय ढंग से हंस पड़ा था।

"ठंडा-गरम तो रोज़ ही लेते हैं। आज कुछ और पीने की इच्छा है। पिला सकोगी?"

"कहिए भी।"

"पहले 'हां' कहो।"

"हां, बाबा, हां।"

"तुम्हारे हाथों से आज ज़हर पीने की इच्छा है, पिला सकोगी मेहा!"

"सच्ची! पियेंगे ज़हर?" तुम उसी तरह हंसने लगी थी। तुम्हारे हंसते ही वातावरण की सारी बोझिलता जाने कहां चली गयी थी!

"हां-हां।"

लपककर तुम जल्दी से भीतर चली गयी थी। कुछ समय बाद लौटी तो तुम्हारे हाथ में शीशे का एक भरा हुआ गिलास था।

"लीजिए, है हिम्मत!"

मैंने अपने हाथों में थामकर, क्षण-भर गिलास के भीतर झांका और फिर

होंठों से लगाकर आधा पिया ही था कि 'बस-बस' कहती हुई, तुमने मेरा हाथ पकड़ लिया था।

"कैसा लगा ज़हर?"

"मीठा, अमृत जैसा।"

"मरने से डर नहीं लगा?"

"ना, तुम्हारे हाथों से ज़हर भी अमृत हो जाएगा, मुझे मालूम था···!" मैं कह ही रहा था कि तुम ज़ोर से हंस पड़ी थी, "अपने लिए मैंने रखा था, किसी दिन बहुत तंग आ गयी तो! आज आपके काम आ गया···" शेष बचा गिलास तुमने एक ही सांस में गटक लिया था।

"सितार का शौक कब से जागा?"

"जब से एकांत का दौर शुरू हुआ। लगता है, यह भी मेरी तरह एकाकी है। मेरा दर्द, इसके दर्द से मिलकर कभी घनीभूत होकर उभरता है तो सब कुछ भूल जाती हूं···।"

मैं तुम्हारे चेहरे की ओर देख रहा था। बिना किनारी की प्लेन साड़ी में तुम्हारा रंग कितना निखर आया था!

तभी तुम्हें सहसा कुछ याद आ पड़ा, "चाय बनाऊं! याद है, आपको चाय कितनी पसन्द थी!"

मैं हंसी रोक न पाया, "क्या चाय पर ही टालने का इरादा है—खाना-वाना कुछ नहीं? सुबह से भूखा हूं। अब तो होटल भी बन्द हो गए होंगे!"

"खाने के लिए आपको किसी ने बुलाया भी था! आप तो शाम को दिल्ली लौट रहे थे!" तुमने उसी शरारत से उत्तर दिया।

"ठीक है!" इतना कहकर मैं चुप हो गया था। फिर एक बार घड़ी पर उड़ती निगाह डालकर मैंने आंखें मूंद ली थीं।

"अब कहोगे, जल्दी में हूं। सुबह की ट्रेन से जाना है। किसी रिलेटिव के घर ठहरा हूं, वह इंतज़ार करेंगे।" तुम सिर को ऊपर-नीचे झटकते हुए कह रही थी, "मैं चार बजे से बैठी हूं। शाम की ड्यूटी भी आज मिस कर दी।"

मेरा चेहरा कुछ-कुछ गम्भीर हो आया था। तुमने फिर एक-दो प्रश्न पूछे, जिनका मैं उत्तर न दे सका था।

"बुरा मान गए न!" मेरे बहुत निकट आकर तुमने कहा। मेरे माथे पर हाथ लगाया तो तुम चीख-सी पड़ी थी, "बाप रे, कितना तप रहा है! फीवर

तो नहीं··· ?''

मैं हंस पड़ा था, ''डॉक्टरनी हो न! दो-चार रोग निकाल ही लोगी, आसानी से!''

तुमने जैसे सुना नहीं।

''सचमुच अब भूख लग आयी होगी! खाना लगाऊं?'' मेरे उत्तर की प्रतीक्षा किए बिना ही तुम उठ पड़ी थी।

जल्दी-जल्दी तुम मेज़ पर खाना लगा रही थी। कितना ढेर सारा भोजन मेज़ पर नुमाइश की तरह सजा दिया था। पता नहीं क्या-क्या बनाया था!

''जिसे भविष्य में आगे न खिलाना हो, उसे एक ही बार में सब खिला देते हैं···।''

खाते-खाते तुम मुसकरा पड़ी थी। किन्तु कुछ क्षण बाद पता नहीं क्यों स्वयं ही गंभीर हो गयी थी, ''कितनी साध थी, बस, एक बार आपको खुद बनाकर खिलाऊं। भगवान् ने आज वह पूरी कर दी··· । तब आंटी से घबराती थी। ठिठुरती सर्दी में भी चाय के लिए नहीं पूछ पाती थी। इसी भय के कारण आपसे कभी भी भली भांति बातें नहीं कर पाती थी। आज वह भय नहीं रहा, किन्तु लगता है, अब कहने के लिए कुछ भी बचा नहीं हमारे पास!''

मैं भी तब तनिक गंभीर हो आया था।

''घर में कौन-कौन हैं?'' तुमने हाथ का कौर अपने होंठों के करीब ले जाते हुए पूछा था।

''बस वसंत है—मेरा छोटा भाई।''

''माता-पिता?''

''सब चले गए।''

''शादी··· ?''

सहसा मैं हंस पड़ा।

''क्यों? अब तक क्यों नहीं की?'' तुमने कुछ ऊंचे स्वर में कहा।

मैं तनिक मुंह बनाकर तुम्हारी ओर देख रहा था, ''कोई मिली नहीं! अब ढूंढ़ दो न!''

तुम मुसकरा उठी थी, ''कैसी लड़की चाहिए?''

''तुम्हारे जैसी!''

''मेरे जैसी?'' तुमने पानी पीते-पीते गिलास टक् से नीचे रख दिया था,

"मेरे जैसी तो आपको कतई पसंद नहीं थी। याद है, एक बार... ?"

मैं ज़ोर से हंस पड़ा था, "हां-हां, याद है।"

पानी से भरे हुए गिलास को झटके से नीचे रखने के कारण मेज़ पर कुछ बूंदें बिखर गयी थीं। तुम सहसा गंभीर होकर अपनी अंगुली की नोक से एक बूंद को दूसरी, तीसरी से जोड़ती चली जा रही थी।

देर बाद तुमने पलकें ऊपर उठायीं, "अरे, आपने हाथ क्यों खींच लिया? खाना पसन्द नहीं आया न?"

"नहीं-नहीं!"

"जल्दी में कुछ बना नहीं पायी...।"

"इतना सारा तो बनाया!"

"पर आपने खाया तो कुछ भी नहीं...!"

"तुम्हारा ध्यान कहीं और था न! आधे से अधिक तो मैं ही खा गया। इतना स्वादिष्ट भोजन आज मुद्दत बाद किया।"

"बातें बनाना कोई आपसे सीखे। अरे, स्वादिष्ट होता तो खाते नहीं!"

रूमाल से गीले होंठों को पोंछते हुए मैंने कुछ रुककर कहा, "देखो, मेहा, जो वस्तु बहुत पसन्द हो, उसे हमेशा कुछ कम खाना चाहिए, ताकि उसके प्रति रुचि बनी रहे।"

"तो दर्शनशास्त्र से पीछा अब तक नहीं छूटा?" तुमने व्यंग्य-भाव से कहा था।

"अब क्या छूटेगा, इस 'बुढ़ापे' में..."

तुम हंस पड़ी थी ज़ोर से।

"कभी नैनीताल याद आता है— ?"

मैंने सिर हिला दिया था, 'नहीं।'

"मैं कभी-कभी सपने में अपने को अब भी वहीं भटकती देखती हूं— न जाने क्या खोजती हुई! कभी दूर से आता आपका प्रतिबिम्ब-सा दिखलायी देता है और सपना टूट जाता है...!"

"जो स्मृतियां दु:ख दें, उन्हें भुला देना ही हितकर है...। नैनीताल की याद लिए बहुत सारी वस्तुएं मैंने झटककर दूर फेंक दी हैं। वर्षों तक कितना जूझता रहा अपने आप से। यह सब नहीं करता तो कब का पागल हो गया होता...।"

दीवार पर टंगे चित्र से दृष्टि हटाकर तुम मेरी ओर देख रही थी। चुनौती

का-सा भाव तुम्हारे चेहरे पर उभर आया था, "सच-सच बताओ, वस्तुएं फेंकने मात्र से क्या स्मृतियां मिट जाती हैं? नैनीताल की कभी आपको कोई याद नहीं आती?" तुम्हारा स्वर ऊंचा हो आया था, "अपने से भागकर आदमी कहां जायेगा! इससे अच्छा है, जो है, उसे सहर्ष स्वीकार कर ले और उसी में किसी तरह जीता रहे···।"

भोजन से मेरे हाथ खींचते ही तुमने भी प्लेट एक ओर सरका दी थी?"

"यह मीठा तो आपने लिया नहीं!"

एक टुकड़ा तुम मेरे होंठों के करीब ले आयी थी।

मेरी उड़ती निगाहें फिर कलाई पर बंधी घड़ी पर पड़ीं।

जल्दी-जल्दी प्लेटें समेटकर तुम एक प्याला चाय ले आयी थी।

"मदर कैसी हैं?" मैं गरम प्याले से उठती भाप की ओर देख रहा था।

"वह तो तभी चल बसी थीं। आपको पता नहीं?"

"ना।"

"भाई··· ?"

भाई का ज़िक्र आते ही तुम्हारी गम्भीरता बढ़ आयी थी, "पी-पीकर पागल-से हो गये थे। लास्ट इयर रांची में उनकी डैथ हो गयी थी···।"

"तो अब अकेली हो?"

"हां!"

"भारी नहीं लगता यह अकेलापन?"

मुंह से कुछ न बोलकर तुम केवल देखती रही थी। तुम्हारी आंखें कितनी स्थिर हो आयी थीं—पत्थर की तरह ठोस!

"इस काम में मन लग जाता है, मेहा?"

"हां, जब तक व्यस्त रहती हूं···।"

"..."

"इस भीड़भाड़ से कभी-कभी अब मन थक जाता है। शोरगुल अच्छा नहीं लगता। जी करता है, कहीं गांव में चली जाऊं—जहां कोई भी परिचित न मिले।"

कुछ क्षण का मौन भंग करते हुए तुमने आगे कहा था, "दीन-दुखियों की सेवा में अपने को खपा दूं, इसी में मुझे अपनी मुक्ति दीखती है। अपने को भुलाने का यही एकमात्र साधन है—एकमात्र सहारा। किसके भीतर कितना, क्या दुःख है···इसे कौन समझ सकता है···!"

रीता प्याला, सोफ़े की बगल में रखी छोटी-सी तिपाई पर मैंने रख दिया था। तभी घड़ी पर फिर निगाह गयी, "चलूं अब?"

प्रत्युत्तर में तुम कुछ न कह पायी थी।

"ज़िन्दगी में तुमसे कभी भेंट होगी, सोचा नहीं था…।"

मैं जाने लगा तो तुम एकाएक कितनी उदास हो उठी थी, "कभी-कभी आ जाया कीजिये। पुराने घावों की पीड़ा भी कभी कितनी अच्छी लगती है! कितना सुकून देती है! अपनों का दिया दर्द भी कहां मिलता है? आप कहते थे न, एक छोटी-सी लौ के सहारे आदमी सारी ज़िन्दगी गुज़ार देता है। आज मुझे लगता है, आपकी वह बात कितनी सच थी…!"

"इतने बड़े घर में अकेली रहती हो, शादी क्यों नहीं कर लेती? इस कोरी भावुकता में क्या रखा है?"

देर तक तुम चुप रही थी, किसी भंवर में डूबती-उतराती। कितना असह्य सन्नाटा-सा छा गया था उस क्षण! फिर अंधेरी खिड़की के उस पार कुछ खोजती निगाहों से देखती हुई बोली थी, "कहीं भी मन टिकता नहीं अब!"

"क्यों…क्यों?"

तुमने एक गहरा निःश्वास छोड़ा था, "जो मुझसे शादी करना चाहता था, उससे मैं कर न पायी। जिससे मैं शादी करना चाहती थी, वह…।"

"मान लो, जिससे तुम शादी करना चाहती थी, वह अब भी तुमसे शादी करना चाहे…!"

"नहीं-नहीं!" तुमने जैसे एकाएक तड़पकर कहा था, "मैं स्वयं अब उससे शादी नहीं कर सकती। मैं उसके योग्य नहीं रही…।"

"मान लो, वह अब भी तुम्हें हर दृष्टि से योग्य समझ ले तो—!"

"नहीं, यह मैं हरगिज़ नहीं होने दूंगी। जिसे मैंने सब कुछ समझा, उसी से छल करूं? आप नहीं समझ सकते यह सब। आपको कैसे समझाऊं! जीवन में नारी केवल एक का ही वरण करती है। केवल उसी को समर्पित होती है। यों शरीर का क्या है!" तुम्हारा चेहरा कितना भावुक हो आया था।

"यही तो मैं कह रहा हूं—नारी को 'हिरण्य' कहते हैं। हिरण्य यानी सोना। सोना भी कहीं अपवित्र होता है, मेहा?"

"नहीं-नहीं।" तुमने मेरे होंठों पर अपनी हथेली रख दी थी, "इस प्रश्न पर आप अब कभी भी बात नहीं करेंगे। मैंने आपको कभी भी साधारण नहीं, असाधारण ही माना है। मेरी वह प्रतिमा बनी रहने दो, खंडित न करो।

वह खंडित होगी तो मैं भी टूट-टूटकर बिखर जाऊंगी।'' तुम्हारा स्वर लड़खड़ा रहा था।

''तुम समझती क्यों नहीं··· ?''

''जब समझने के लिए कुछ रहा ही नहीं तो···यह सब अब अगले जनम के लिए छोड़ दो··· ।''

तुम मेरी ओर खोयी-खोयी-सी देख रही थी, ''विवाह का अब विचार ही त्याग दिया। कुछ कट गयी, कुछ और कट जायेगी। अधिक जीकर भी क्या करना है ?''

''एक बार और विचार कर लेना··· ।''

मेरे मना करने के बावजूद तुम बाहर गेट तक छोड़ने आयी थी।

थोथे संस्कारों से मुक्त हुए बिना किसी को सच्ची तसवीर कैसे दीख सकती है—चलते-चलते मैं सोच रहा था।

तुम लौटने लगी थी। आगे अंधेरा-ही-अंधेरा था।

मुझे जैसे सहसा कुछ याद आया, ''मेहा!''

तुमने पलटकर देखा।

''अब कब आऊं?''

तुम्हारा चेहरा रुलाई-भरा था। बरसने से पहले बादल-जैसा। होंठ काटते हुए तुम देख रही थी, ''नहीं-नहीं, अब मत आना। कभी नहीं—कभी भी नहीं। नहीं तो मेरे लिए जीना और भी अधिक दूभर हो जायेगा। समझ लेना, अनुमेहा मर गयी··· ।'' सिसक-सिसककर तुम रो पड़ी थी।

27

दिल्ली लौटकर कुछ दिन मन उखड़ा-उखड़ा रहा। परन्तु फिर मैंने अपने को काम में डुबो दिया था। अधिक भावुकता में बहकर कोई जी नहीं सकता, यह रहस्य मैं जान चुका था। अपने को भुलाये रखने के लिए निरन्तर व्यस्त रहने के अतिरिक्त और चारा भी मेरे पास क्या था?

तभी मेरे जन्मदिन पर इस बार एक छोटा-सा पार्सल आया था—एक कीमती पेन, जिस पर तुम्हारा नाम अंकित था। जो आज भी मेरे पास ज्यों-का-त्यों रखा हुआ है।

इसके प्रत्युत्तर में मैंने जो पत्र भेजा, उसका जवाब महीनों तक मिल न पाया तो मुझे लगा कि मेरा वह अनुमान सच था कि अब तुम मुझसे मिलना ही नहीं, बल्कि पत्र-व्यवहार करना भी नहीं चाहती।

लगभग ढाई-तीन साल बाद फिर लखनऊ जाने का कार्यक्रम बना था। फिर उसी अस्पताल में गया तो पता चला कि वहां से त्याग-पत्र दिए तुम्हें अर्सा हो गया। उस घर को भी एक बार देखा, जिसमें कभी तुम रहती थी। वहां अब कोई दक्षिण भारतीय परिवार रह रहा था।

किसी ने कहा, तुम हरदोई की तरफ़ कहीं चली गयी हो। वहीं गांवों में प्रैक्टिस करती हो। किसी ने बतलाया, मानसिक रूप से अस्वस्थ रहने के कारण तुमने नौकरी छोड़ दी थी।

आज जीवा घर आया था—पता नहीं कितने महीनों बाद! गर्मी की छुट्टियों में गांव गया था—पहाड़।

"नैनीताल गये थे, जीवा?"

"हां, लौटते समय दस-बारह दिन रुका था।"

"अब तो बहुत बदल गया होगा न नैनीताल?"

"हां, बहुत सारे होटल खुल गये हैं। भीड़-भड़क्का भी कुछ ज़्यादा है।"

"तुम्हें याद है, जब हम पढ़ते थे, तब कितनी शान्ति थी वहां! अंग्रेज़ तब गये-गये ही थे। सड़कें साफ़-सुथरी। हरे-भरे पहाड़। लबालब भरी झील का सड़क तक छलकता जल!"

"..."

"कोई मिला था परिचित?"

"कोई नहीं। इतने वर्षों बाद क्या कहीं बैठे रहते हैं परिचित! मेरा भाई वहां दफ़्तर में है, उसी के साथ ठहरा था।"

"हां, गुरु!" उसे जैसे सहसा फिर कुछ याद हो आया, "लौटते समय लेक-ब्रिज पर डॉ० अनुमेहा को देखा था—सुहास की गाड़ी में। कहते हैं, तराई के थारू-आदिवासी क्षेत्र में उसने कोई 'चेरिटेबल मोबाइल हॉस्पिटल' खोला है। सारा खर्च सुहास देता है…।"

"सुहास मिला था?"

"नहीं, वह नहीं मिला इस बार। सुना है, बड़ा अच्छा कारोबार चल रहा

है उसका। थारू इलाके में अपने पिताजी के नाम से स्कूल भी खोल लिया है।''

''तुम मेहा को देखते ही पहचान गये थे?'' मैंने कैसा अजीब-सा सवाल पूछा था।

''हां-हां! कुछ कमज़ोर-सी लगती थी, उखड़ी-उखड़ी, उजड़ी-उजड़ी-सी। ईसाई मिशनरियों के जैसे सफ़ेद कपड़े पहने थे।''

लम्बे अर्से बाद मैं उसी आदिवासी क्षेत्र से होकर घर जा रहा था। वहां पता चला कि वह चलता-फिरता अस्पताल अब नहीं दिखलाई देता। पहले खटीमा, बनबसा, सैनापानी में हर हफ़्ते नियमित रूप से आता था—रोगियों को दवाइयां बांटकर चला जाता था।

किसी ने बतलाया, नेपाल की सरहद के उस पार भी थारू रहते हैं, जिनकी स्थिति और भी दयनीय है। हो सकता है, तुमने अब वहीं अस्पताल खोल लिया हो। पुल से आर-पार आती-जाती गाड़ी कई बार लोगों को दिखलायी दी थी।

किसी ने कहा—घने जंगल में टूटी हुई गाड़ी के अवशेष उन्होंने देखे थे। कोई दुर्घटना हो गई हो या जंगली हाथी ने गाड़ी उलट दी हो…!

28

सामने टंगे कैलेंडर की ओर देख रहा था। नारियल के हरे-भरे वृक्ष और उनके झुरमुट में तैरती एक लम्बी-सी, पतली नौका!

अभी कल ही तो बदला था यह। इससे पहले कोई और चित्र था। उससे पहले—उससे पहले…

कितने चित्र, कितनी तिथियां बदल गयीं, पर कुछ भी बदला-बदला-सा लगता नहीं! सब कुछ वैसा-का-वैसा ही दीखता है। मन की अंतरंग दुनिया में शायद दिन-महीने नहीं होते, न वर्ष ही बदलते हैं। जो जैसा था, वह वैसा ही संजोया-सा रहता है…

अर्से बाद सुहास को पत्र लिखा था, किन्तु वह लौट आया था—मेरे अपने ही पते पर।

व्यक्ति जब आंखों से ओझल हो जाता है, हमेशा के लिए, उसकी स्मृतियां तब और भी अधिक साकार होकर सालने-सी लगती हैं। मुझे अहसास हो रहा था—तुम और भी उग्र रूप से उभर आयी हो कहीं···

विशाखापट्टम के सागर-तट पर खड़ा था उस रात। पूरा चांद न होने पर भी कितनी ऊंची-ऊंची लहरें, एक के बाद एक, किनारे की चट्टानों से टकरा रही थीं। सागर की उत्ताल तरंगों में चांद नन्ही गेंद-सा उछलता हुआ इधर-उधर डोल रहा था। दूर दक्षिणी तट पर कहीं सागर के सीने में घुस आये उस काले पहाड़ की छांव में कितने जहाज़ लंगर डाले खड़े थे—तैरते हुए काले-काले टीले-से लग रहे थे।

किनारे की चट्टान पर बैठा मैं न जाने क्या-क्या सोच रहा था! इतना सब होने के बावजूद मुझे कहीं अधूरेपन का-सा अहसास क्यों हो रहा था? एक प्रकार की रिक्तता का-सा!

दूसरे दिन प्रातः बैलाडीला के लिए रवाना हुआ, तब भी कुछ-कुछ ऐसा ही लग रहा था। कितनी सुन्दर-सुन्दर पहाड़ियों से गुज़र रहा था। तब लग रहा था, तुम भी कहीं साथ-साथ चल रही हो। कुछ स्मृतियां ऐसी होती हैं, जो एक साथ ही दुःख की अनुभूति भी देती हैं, सुख की भी। वास्तव में एक बिन्दु पर आकर दुःख-सुख का भेद ही समाप्त हो जाता है। पीड़ा में भी एक तरह के सुख की अनुभूति होती है—असीम सन्तुष्टि की···

शाम थी अब। हम बस्तर के आदिवासी क्षेत्र से होकर गुज़र रहे थे। एक के बाद एक घने जंगल, आदिवासियों की टूटी-फूटी झोंपड़ियां, आम के वृक्ष, महुआ के वन—सड़क के दोनों ओर पलाश की कतारें।

पता नहीं आदिवासियों के कौन-से त्योहार का दिन था वह! जगह-जगह बीच सड़क पर लकड़ी के लट्ठे रखकर आदिवासी बच्चे छिप जाते थे। कुछ पैसे देने पर ही वे उन्हें हटाने को राज़ी हो पाते—किलकारी मारते हुए नाचने-से लगते थे। सड़क के किनारे-किनारे बहुत-से आदिवासी स्त्री-पुरुष चींटियों की-सी कतार बनाये चल रहे थे। सबके सिरों पर काली-काली पोटलियां-सी थीं। महिलाएं नाममात्र की छोटी-सी धोती पहने थीं—

धड़ से ऊपर का शरीर लगभग नंगा!

सांझ ढल चुकी थी। वृक्षों पर ढेर सारे पक्षी बैठे एक साथ चहचहा रहे थे। बस्ती यहां से दूर लगती थी। प्राणी भी अब कहीं कोई दीखता न था। सूनी सड़क पर गाड़ी हवा से बातें करती हुई सनसनाती भाग रही थी। रात को हर हालत में मंज़िल तक पहुंचना था।

बैलाडीला पहुंचने में अभी काफी समय था कि 'चीईई' की चुभती आवाज़ के साथ पहिए फिसलते हुए सहसा किनारे की कच्ची मिट्टी पर आ लगे थे—भारी झटके के साथ।

गाड़ी उलटते-उलटते बची थी। हम बुरी तरह घबरा उठे थे। ड्राइवर के चेहरे पर हवाइयां उड़ने लगी थीं। हड़बड़ाता हुआ वह दरवाज़ा खोलकर बाहर निकल आया था—न जाने कौन-सा पुर्ज़ा टूट पड़ा था!

बोनट खोलकर, टॉर्च से कुछ टटोलता हुआ वह लगभग आधा भीतर घुस चुका था। बड़ी देर तक प्रयास करता रहा, पर अन्त में गाड़ी के ठीक होने के कोई आसार न दीखे तो हम खोजती निगाहों से इधर-उधर भटकने-से लगे थे। रात को इस बियाबान वन में अकेले कैसे रहेंगे!

दूर कहीं, जंगल के अन्तिम सिरे पर तभी आग जलती दीखी थी। गाड़ी बन्द कर, उसी दिशा में हम चल पड़े थे।

आदिवासियों के घास के घरौंदे बिखरे हुए थे—अंधेरे में डूबे। बादलों से घिरा होने के कारण, लगता था, टूटा हुआ चांद भी कहीं खो गया है।

हमारी आहट पाते ही कुत्ते अपने अगले पंजों से मिट्टी खुरचते हुए भूंक रहे थे और धीरे-धीरे मोर्चा संभालते हुए पगडंडी तक आ गये थे। उनके साथ ही कुछ आदिवासी भी घिर आये थे।

ड्राइवर के हाथ में कुछ चोट लग गयी थी। लहू बह रहा था।

कुछ देर की बातचीत के बाद वे हमें उस झोंपड़ी में ले गये, जहां एक प्रकाश-बिन्दु दूर से झलक रहा था।

बांस की खपच्चियों का एक बड़ा-सा दरवाज़ा अधखुला था।

दीवार की ओर मुंह किये एक छाया-सी कुर्सी पर बैठी थी—मेज़ पर सिर टिकाए। सामने कुछ पुस्तकें बिखरी हुई थीं—खुली खिड़की से आ रही हवा में पन्ने फड़फड़ा रहे थे।

आहट सुनते ही उसने सिर ऊपर उठाया और मुड़कर देखा। प्रकाश इतना धुंधला, इतना धीमा था कि कुछ भी स्पष्ट दीख नहीं रहा था।

अनायास मेरे पांव अब कुछ और आगे सरक आए थे। विस्मय से सहसा मेरे होंठों से निकल पड़ा, "मे-हा! तुम... !"

उसी तरह शांत, स्थिर खड़ी थी तुम।

मैं आश्चर्य से तुम्हारे मुरझाये मुखड़े को, सूखी-सूनी आंखों को, सेंवार की तरह उलझ आए बालों को देख रहा था।

सच, कितनी कमज़ोर लग रही थी तुम!

"आप...यहां... ?"

मैं अब तक तुम्हारी ओर देख रहा था—खोयी-खोयी दृष्टि से।

"बैलाडीला जा रहे थे...गाड़ी खराब हो गयी...हां, तुम यहां कैसे? कब से... ?"

"मुद्दत हो गई।"

"पहले तो—!"

"जी हां, पहले तराई में रही कुछ वर्ष। अब यहां अस्पताल खोला है।"

"सरकारी... ?"

"नहीं—नहीं!"

"प्राइवेट?"

"जी, हां।"

"खर्चा-वर्चा ?"

"कुछ सुहास देता है, कुछ दूसरी संस्थाओं से अनुदान में मिल जाता है।"

"तराई क्यों छोड़ा?"

"सरकारी अस्पताल खुल गया था वहां। और भी सुविधाएं वहां उपलब्ध हो रही थीं, पर यहां इनके पास तो कुछ भी नहीं है... !"

कुछ रुककर मैंने पूछा, "सुहास कहां है?"

"पता नहीं...एक बार गत वर्ष कुछ दिनों के लिए यहां अवश्य आया था।"

तुमने झटपट ड्राइवर के पट्टी बांधी।

रात को भोजन के बाद तुमने अपना छोटा-सा अस्पताल दिखलाया था।

"बड़े विचित्र लोग हैं यहां के!" चलते-चलते तुम कह रही थी, "खेती-बाड़ी कैसे होती है, इन्हें पता नहीं। हल-बैल से खेती का तरीका अब सीख रहे हैं। पर कभी-कभी बैल के बदले गाय को भी जोत लेते हैं।"

"रोगियों की संख्या यहां बहुत दीखती है। कौन-सी बीमारी अधिक है?"

"एक ही बीमारी है—सबसे संक्रामक। उसी के शिकार हैं ये बेचारे!"

"कौन-सी?"

तुमने यों ही शून्य दृष्टि से देखा था, "गरीबी! बतलाइये, इससे भयंकर और कौन-सा रोग है इस संसार में?"

"हां, कहती तो ठीक हो।" मैं बुदबुदा-सा रहा था।

"अभी उसी सर्विस में हैं?" तुम पूछ रही थी, बातों की दिशा बदलती हुई।

"नहीं, वह तो कब की छोड़ डाली!"

"तो—अब?"

"पत्रकारिता में हूं। लोहे की खानों के बारे में कुछ लिखना है, उसी सिलसिले में बैलाडीला जा रहा हूं।"

कितनी उखड़ी, कितनी उजड़ी लग रही थी! 'जीवाणु' सच ही तो कह रहा था…।

दिन-भर के लम्बे सफ़र से थका, पता नहीं कब सो गया था! पर सारी रात कहीं सितार के-जैसे तार रह-रहकर रो रहे थे। सोये हुए शांत वातावरण में कैसा करुण स्वर व्याप रहा था!

29

अन्तिम मुलाकात कब हुई थी? याद है, एक दिन सहसा तुम्हारा फ़ोन आया था, "मैं मेहा बोल रही हूं! अभी मिल सकेंगे?"

इस तरह अप्रत्याशित रूप से तुम्हारा फ़ोन आ सकता है, मैंने कभी कल्पना भी नहीं की थी।

"कहां से बोल रही हो?"

"यहां दिल्ली आयी हूं—आपकी अयोध्या में।"

"कब?"

"आज सुबह…।"

"शाम को घर नहीं आ सकती?" कुछ अत्यावश्यक कार्यों में उलझा हुआ था। घर का पता देकर, अपने को उस समय मुक्त तो कर लिया, किन्तु फिर सारे दिन काम में मन नहीं लगा…।

शाम को भागा-भागा घर पहुंचा तो तुम प्रतीक्षा में बैठी थी।

''रोज़ इतनी ही देर से आते हैं क्या?'' तुम्हारे स्वर में उलाहने के साथ-साथ अपनेपन का भाव भी निहित था। इसीलिए वह झिड़की भी कितनी अच्छी लगी थी।

मैं यों ही सहज भाव से हंस पड़ा तो तुम भी हंसने लगी थी।

''यही घर है न आपका? सामान किस तरह बिखरा हुआ है!'' एक-एक बिखरी वस्तु जतन से उठाकर तुम सहेज रही थी।

''अकेले रहते हैं क्या··· ?''

''नहीं तो···।''

''फिर कौन है?''

''मैं हूं। और भी बहुत-से लोग हैं···।''

''झूठ बोल रहे हैं न!'' तुम छोटी बच्ची की तरह कह रही थी, ''लगता नहीं कि आपके अलावा कोई और रहता है यहां!''

''नहीं—नहीं! तुम समझ नहीं सकती। इन आंखों से जो लोग दिखलायी देते हैं, उन्हीं का अस्तित्व होता है क्या?''

''...''

''हम उनके साथ भी तो रहते हैं, उनके साथ भी तो जीते हैं न, जो दिखलायी नहीं देते। उनका क्या कोई अस्तित्व नहीं?''

तुम्हारी आकृति एकाएक कितनी भारी हो गयी थी, ''सो तो है···।'' फुसफुसाती हुई होंठों-ही-होंठों में तुम कह रही थी, ''ऐसा भी होता है। आपने कितना सच कहा···!''

''अब भी वहीं हो, मेहा?''

''नहीं···।''

''...''

''छोड़ दिया है बस्तर।''

''क्यों?''

''आदिवासियों के आपसी झगड़े में अस्पताल जल गया था। वहां मन भी नहीं लगता अब···।''

''तो फिर वही चिरन्तन भटकाव···?''

''नहीं,'' तुमने एक गहरी सांस ली, ''ऐसा भी नहीं, हर जगह का अन्न-जल होता है न! जब वह उठ जाता है तो···!''

''सुहास का कोई अता-पता?''

''वह तो कब का चल बसा!'' इतनी बड़ी बात तुम कितने सहज ढंग से, सपाट शब्दों में कह गयी थी।

''कब···कब?''

''अर्सा हो गया! अपनी सारी सम्पत्ति दान में देकर वह स्वयं भी एक तरह से संन्यासी जैसा हो गया था। इधर कुछ समय से बस्तर में ही रहने लगा था। वहीं एक दिन सड़क-दुर्घटना में··· ।''

मैं पाषाणवत जैसा था, वैसा ही बैठा रह गया। इतना बड़ा हादसा!

एक अजीब-सी तटस्थ, वीतरागी दृष्टि से तुमने मेरी ओर देखा था, ''जो हो गया, हो गया! उसके लिए पश्चात्ताप करने से क्या? आप तो अध्यात्म को मानने वाले हैं। देह नष्ट होती है, आत्मा तो नहीं न···!''

तुम क्या कह रही हो, मेरी समझ में कुछ भी नहीं आ रहा था। सुहास की मृत्यु के समाचार को सुनकर मुझे ऐसा लग रहा था, जैसे किसी रूप में मेरे ही किसी अंश का अंत हो गया हो।

''च्च, कितना बुरा हुआ···!'' सिर हिलाते हुए इतना ही कहकर भयानक रूप से मैं चुप हो गया था।

भीतर जाकर तुम स्वयं चाय बनाने लगी थी।

कुछ समय बाद चाय के प्याले बाहर लाती हुई बोली थी, ''सुनो, जो बीत गया, उसके लिए दुःख नहीं किया करते—हां···!''

मैं तुम्हारे चेहरे की ओर देख रहा था, ''मेहा, तुम यह सब क्या कह रही हो?'' मैंने तड़पकर कहा था।

तुमने जैसे सुना नहीं। थोड़ी देर बाद तुम खुद ही बोली थी, ''सुनिये, आपसे कुछ ज़रूरी बातें करनी थीं। कल सुबह तो मैं जा ही रही हूं··· ।''

''कहां··· ?''

''बहुत-बहुत दूर, जहां से लौटकर फिर कभी नहीं आऊंगी··· ।''

पहले से ही दूरी कुछ कम थी, जो अब और बढ़ा रही हो—मैं कहना चाह रहा था, पर कह न पाया।

निकट आकर सोफ़े के हत्थे पर तुम यों ही शरीर टिकाकर बैठ गयी थी। मेरे बिखरे बालों को स्नेह से सहला रही थी, ''आप समझते क्यों नहीं! मेरी ज़िन्दगी के अब कुछ ही साल शेष रह गए हैं। मैं उन्हें कहीं दूर बिताना चाहती हूं, बहुत-बहुत दूर···!''

"अपने से ही भागकर कहां जाओगी, मेहा?"

तुम्हारे माथे पर पसीने की बूंदें उभर आयी थीं। तुम कितनी थकी-थकी-सी लग रही थी उस क्षण।

"कहां जाने का इरादा है?"

"अफ्रीका··· । स्विट्ज़रलैंड के कुछ डॉक्टर कांगो में एक बहुत बड़ा अस्पताल खोलने जा रहे हैं। दुनिया-भर के डॉक्टरों से उन्होंने अपील की है कि सदियों से सताये हुए, इन गरीबों की सेवा-शुश्रूषा में जो अपने को समर्पित कर सकें, उन्हें हम आमंत्रित करते हैं। मैंने भी प्रार्थना-पत्र भेजा था। उसकी स्वीकृति आ गयी है। प्लेन का टिकट भी···"

"वहां जाकर मन लग जाएगा··· ?"

"यह तो मालूम नहीं, पर चैन से मर तो सकूंगी न··· !"

तुम्हारी आंखों से रह-रहकर टपकती जल की गरम-गरम बूंदें मेरे माथे पर गिर रही थीं।

"होटल 'जनपथ' में ठहरी हूं। अभी कुछ फॉर्मेलिटीज़ और पूरी करनी हैं, 'ट्रेवल एजेंट' के पास जाना है, अतः व्यस्तता बहुत अधिक रहेगी··· सुहास की कुछ अमानत आपको सौंपनी है, कुछ कागज़ात। कल प्रातः पालम आ सकेंगे··· ?"

सजल नेत्रों से तुम देख रही थी।

उन डबडबायी आंखों में ऐसा क्या कुछ तैर रहा था, जिसकी बाढ़ में सारा अतीत बह-सा रहा था—सारा अग-जग—सारा संसार।

कुछ देर बाद तुम चलने लगी तो तुम्हारा कंठ कितना भीग आया था, "सुनो, दुखी न होना। पता नहीं, हमारा यह किस जनम का कैसा बैर था, जो···जो··· !" मेरी हथेली पर अपना तपता माथा टिकाकर तुम फूट-फूटकर रो पड़ी थी।

देर बाद आंचल से आंखें पोंछते हुए तुमने कहा था, "कल सुबह आओगे न··· ! प्रतीक्षा करूंगी··· ।"

प्रतिध्वनि की तरह देर तक तुम्हारी आवाज़ बार-बार गूंजती रही थी।

मुझे क्या पता था कि कल जब पालम पहुंचूंगा तो तुम्हारा विमान आसमान में उड़ान भर रहा होगा। तुम हमेशा-हमेशा के लिए यह धरती छोड़कर ओझल हो चुकी होगी!

□□